[日] 绵矢莉莎 ——

Wataya Risa

著

掌心里的京都

手のひらの京

王华懋

译

九州出版社
JIUZHOUPRESS

京都的天空实在温和柔软。一片淡淡的水蓝，有如撕下棉花糖而成的云朵轻柔飘浮着。自鸭川远眺的天空充满清爽甜美的气息。春夏之交即将发生什么的预感，与天空的色彩融为一体。凛深吸一口气，吸入满腔水草酝酿出来的河川香气。

回家途中，凛光是经过跨越鸭川的北大路桥仍不满足，还推着自行车走到河边，坐在她钟爱的、最宽阔的木长椅上仰望天空。她伸直的双脚就对着鸭川的清流。一旦下雨，暴涨的河水便会化为饱含泥沙的滔滔浊流；晴朗的日子，河水在阳光下宛如麦芽糖般晶莹闪烁，风平浪静。河边有慢跑的中年男子和一对牵狗散步的情侣。三月底到四月期间，河岸怒放的淡粉红垂枝樱花、小沙洲和堤防上盛开的金黄油菜花，都已随着季节消失，如今新绿的润泽叶片在河畔特有的强风中摇摆，沙沙作响。

凛感到纳闷，春天的花季过后，紧邻鸭川的京都府立植物园现在还可以欣赏到什么花？山茶花、樱花、油菜花、桃花、木兰、水仙、牡丹的季节都已过去，镇上盆栽以外的花朵似乎都消失了踪影，若是冬季还情有可原，但堂堂一座植物园，不可能在五月无花可赏。难不成是杜鹃花？杜鹃花很美，不过路边随处都可以见到。凛任由风把玩着发丝，用手机搜寻徒步约十分钟距离的植物园的信息。

玫瑰！资料写着，西洋庭园里会有约三百种玫瑰盛开。这么说来，上个月去植物园时，几乎是百花盛开，唯独玫瑰只剩下茎与叶，乏人问津，落寞冷清。看着那些以各国公主名字或风光明媚地点命名的玫瑰品种，最爱盛开玫瑰的凛，立刻悄悄计划起约姐姐们一起去植物园。听到可以赏玫瑰，懒得出门的绫香和老是装忙的羽依，一定都愿意骑自行车过去，顺道在北山的街道溜达溜达。这时手机发出轻盈的铃声——

牛肉烩饭的材料买了吗？

是绫香传信息来了，就好像识破了她正在鸭川偷闲。差不多得走了，凛恋恋不舍地仰望天空。无边无际的天空依然柔软，迎接向晚，变成了洋葱炒过后的黄褐色。凛站了起来，决定踩着自行车，沿路欣赏逐渐转为多蜜酱汁深棕色泽的天空。自从有了早晚要离开京都的预感，这座城市的每一样景色看在眼中，都令她几乎要鼻酸。她想将照片无法捕捉的故乡温柔色彩好好地封存在眼底。

黄昏这个时段总是令人感伤，一首依稀记得的曲子像团小气泡般自心底浮现。之所以只是依稀记得，是因为她只听过母亲随口哼唱，不曾听过任何歌手正式演唱。凛踩着自行车，在风中哼了起来：

　　乡间堤防　向晚时分

　　呆坐长椅放空

　　散散步也不错

　　好想要有个伴

　　四下的幽暗　是为了我俩

　　我等着女孩的到来

　　向晚时分　看似寂寞

请别留我　孤单一人

"妈妈高中文化祭的时候，走廊上的三个学生突然就这样清唱起来。当时他们在校舍里面举办快闪演唱会，合唱非常美，间奏部分是用陶笛吹奏的，其中一位还吹起竖笛，那音色之凄美，跟这首曲子搭配得天衣无缝。表演真的很棒，让人听过一次就忘不了。"

这首曲子似乎是当时的流行金曲，被母亲一唱，听起来低沉平稳，氛围有点儿像传统摇篮曲，阴森的曲调好似要被暮色给吸走一般，惹人不安，却又有股奇妙的安详。"向晚时分 / 看似寂寞"，不是一口咬定"就是寂寞"，而是仿佛事不关己地喃喃"看似"，却又紧接着情绪性地恳求"请别留我 / 孤单一人"。这样的不安感，只要体验过古称"逢魔时刻"的傍晚所带来的不安，一定都能感同身受。

绫香总是说，全世界所有料理中，牛肉烩饭最受牛肉的品质左右。凛回到家的时候，绫香已经用深煎锅炒起附近肉店买来的碎牛肉了。

"我回来了。"

"欢迎回来。买西红柿跟蘑菇了吗？"

绫香手上忙着，头也不回地朝凛问道。她是家中唯一做菜时会规矩地穿上围裙、束起头发的人。

"买了。也买了做沙拉的莴苣和面包丁。肉不会炒得太早吗？会太老哦。"绫香用长筷子翻着碎肉，圆润的侧脸露出微笑道：

"放心，我听到你的自行车停到车库后，才开始热锅的。可以帮我烧一锅滚水吗？我要烫西红柿剥皮。"

凛将超市购物袋丢到流理台前的桌子上，连食材也没拿出来，就准备开溜，听到绫香平静坚定的语气，只好掉过头来，不甘愿地蹲身取出用了十年的雪平锅，从水龙头接水。晚餐是三姐妹轮流负责，不过即使不是自己值日，有时也会像这样被抓来帮忙。厨艺仍十分生疏的凛经常因为搞不清楚烹饪顺序，在厨房手忙脚乱，拉绫香当救兵，因此本就该相互帮助。等锅里的水滚了以后，凛依照姐姐的指示，提心吊胆地将三颗清洗后去蒂的西红柿放入锅中。

"好烫！"

没碰到热水，指头却被灼热的蒸气给裹住，凛慌忙缩回手来。

"用勺子放就好啦。"

忙着调味的绫香晚了一步才提醒，凛将剩余的西红柿用汤勺慢慢置入沸腾的热水里。

"我也要从主妇身份退休了。"父亲到退休年龄时，母亲庄严地如此宣布，三姐妹完全不解其意，但母亲是在公告她从此以后再也不煮饭了。

"妈长年努力到现在，每天忙着准备三个孩子的三餐、便当，还要料理其他一切家务，已经够了。我暂时不想再看到刻有名字的菜刀、重得要命的木砧板、沾上焦黑油污的煤气炉了。往后我只在余暇煮饭，想煮的时候才煮。早饭和午饭各自解决，晚饭你们自己准备。"

母亲说"我有话要说"，特地把全家人召集到客厅，接着说了这些话。三姐妹和父亲当中，只有绫香一个人有些震惊，紧抿嘴唇，其他人都一脸不在乎。羽依甚至说："只是要讲这个啊？我刚和朋友打电话打到一半，先回房间去了。"说完便从沙发上站起来跳过椅背，踩着轻盈的脚步爬上楼梯，回二楼房间去了。

"爸不会给大家添麻烦。"

平时处在阴盛阳衰的家中，同时对饮食完全不讲究的父亲低声说道，也观察其余两姐妹的反应。

"可以啊，我也会尽量在学校吃饭。"

凛语气有些欢欣地说。母亲看到这样的凛以及没有表露感情的绫香，叹了一口气，叠起长年穿戴的日式围裙，在怀里卷成一团说：

"不是尽量，而是每餐都要自行解决。我有时候也会煮自己跟你们爸爸的饭，但可别指望我会帮你们煮。啊，累死我了。光是想到往后不必再烦恼要煮什么，人生就好像又开阔了一倍，神清气爽。"

"妈，你太夸张了。"

看到母亲尽情伸懒腰的模样，凛靠在沙发上笑道。

"妈，一直以来谢谢你了。"

绫香是唯一好好道谢的女儿，父亲也接着急忙低头行礼；母亲依旧一脸严肃，"嗯"地点了一下头，叹着气离开客厅了。凛也想道谢，却错失了时机。因为有个别扭的念头掠过她的心里：比起出社会的绫香，还在读大学就被母亲宣布再也没有"妈妈的味道"可吃的羽依跟自己，岂不是太可怜了？但话又说回来，之前都得为了赶上晚饭而提早回家，或是忘记说今天不回家吃饭，惹得母亲大发雷霆，她可不想再回到这种百般拘束的日子。凛成长在"在家吃饭"是天经地义的家庭里，对她来说，外食甚至令她憧憬。先前因为家里有饭，所以不怎么想去的餐厅，以及母亲总是说不健康而不准她们吃的快餐，现在，每一样她都想尝试看看，梦想开始无限壮大。学生餐厅虽然便宜，但意外好吃，或许可以午晚两餐都在那里吃。

然而不到半年，凛就受不了外食的重口味，最终和深有同感的姐姐们一起恳求母亲再次掌厨，母亲却冷冷地拒绝了。母亲体验到和主妇老友们一起发展爱好、学习新知、外出游玩的乐趣，甚至很少在晚餐时间回家吃饭了。母亲开始外出游乐之后，表情变得开朗，也开始会开怀大笑，因此家人也舍不得把神采奕奕的母亲绑在家里。

奥泽家和亲戚长年来都公认，母亲长得跟三姐妹任何一个都不太像。不过将怒涛般接连出世的三个孩子拉扯大，并且从煮饭等家务中解脱之后，母亲严肃的表情变得柔和，多余的脂肪消失，脸部轮廓从岁月的堆叠中挣脱出来了。这下便看得出那浑圆的眼睛就像长女绫香，薄唇就像次女羽依，丰满的脸颊就像幺女凛。不过母亲粗壮的鼻梁，倒是没有遗传给任何一个孩子。

如此这般，磕磕碰碰的晚餐轮班制开始了。凛因为升上研究所忙于学业，而羽依天生讨厌做饭，总是拜托绫香代劳。绫香也不可能平白帮忙，每次两人请她帮忙准备晚餐，就得支付她三百日元，次数一多，对荷包是颇大的负担，因此两人把这笔钱称为"晚餐税"。家人们都说，绫香的薪水加上晚餐税，应该存了不少钱。

有一次吃饭的时候，羽依调侃绫香："你是在存将来的结婚基金吗？"把绫香气得满脸通红，真心动怒，从此以后，打听晚餐税的用途便成了奥泽家的禁忌。

绫香的牛肉烩饭，今年已经是第六次登场。

"你买了高级牛肉？"

母亲每次买了高级食材，都会炫耀"这是高级肉哦"。受此影响，凛只要看见用肉店的油纸包起来的肉，就忍不住要问。

"一点儿都不高级。牛肉烩饭的肉，最好是脂肪多、快坏掉的甜甜碎牛肉。"

"这是快坏掉的肉？"凛瞪着和西红柿酱及豌豆混合在一起的牛肉，惊讶地问道。

"不是啦，是今天刚买的。不过不是高级牛肉，只是普通牛肉，要慢慢炖煮到甜味出来。"

"姐你为什么对牛肉烩饭这么执着啊？明明是挺冷门的一道菜，不是吗？"

"我很小很小的时候，电视经常播牛肉烩饭酱料块的广告，一定是被它洗脑了。哎呀这里有牛肉……"

姐姐突然唱了起来，把凛吓了一跳。

"洋葱，这里有洋葱……碎牛肉饭，无敌美味……啊，搞错了，原来歌词是碎牛肉饭，不是牛肉烩饭。"

"姐，你清醒点儿好吗？"

姐姐发现记忆中的歌词是"碎牛肉饭"而非手中酱汁滚沸的"牛肉烩饭"，因而一笑置之，着手准备沙拉。凛丢下姐姐，爬上二楼自己的房间。

明天研究所的生物多样性讨论课堂上，她要进行个人发言，因此得在今天写好物种多样性及系统分类的纲要，并拟定要讲的内容。虽然拿出了书和讲义，她却提不起劲动脑，躺倒在床上。躺下来后，视线前方的天花板上贴了一张视力检查表，是保健室常见的、有各种方向的"C"的图表。天花板的视力表比保健室的更小一些，因为是凛读小学的时候就贴上去的，边缘都泛黄了。现在有些符号就算戴着隐形眼镜也看不见，但凛全背下来了，因此总是向人炫耀自己的视力有二点零。

右、左、下、右下、右、上、左、右。

替她贴上这张表的父亲，没有想过她可能会把符号顺序背下来吗？尽管心想别再玩了，但每次躺到床上，却总是忍不住习惯性地闭上一只眼，仰望天花板。

下、左、右、上、左、左上、右、下。

细微的声音和风压，让凛得知玄关门打开了。屋子因为突然灌入的空气而紧绷膨胀，门关上的同时，又缩回原状。每当住在这个家的人出门或回来，屋子就会像这样跟着一呼一吸。从爬上二楼的脚步声，凛听出是羽依回来了。羽依总是用力蹬出声响，节奏十足地上楼。

"凛，你听我说！"

凛也察觉羽依并没有直接回自己房间，她看到凛门缝的灯光，也不敲门就直接开门。老样子了。

"干吗？我在睡觉。"

明明在做视力检查，凛却发出含糊的声音，装作被羽依吵醒的样子，揉着眼睛慵懒地爬起来。她不想让羽依以为她很闲。

"前原先生刚刚传信息来，你看，这太夸张了吧？"

羽依坐到床上，亮出手机画面，凛探头看去——

我当然爱你，但我不懂无论如何都想见面的心情。想见面的时候再见面，就好了吧？

看完之后，凛无力地别开目光。世上的情侣，总是互传这么腻人的信息吗？看了都要反胃。

"不会太扯了吗？就算要拒绝，一般也只会写句'很抱歉不能见面'吧？"

"不是因为你任性吵着要见面吗？"

"我才没有。我只是说了句'刚交往的时候，一般情侣应该更常见面吧'，结果他就这样回我。装模作样，自以为是大情圣吗？总觉得他认为是我在撒娇。'不管不管，人家就是要见你啦！'这男的到底以为他是谁啊？"

"他应该很受欢迎吧？"

凛记忆犹新，三个星期前，羽依开心地回家宣布，说她在公司的新人研习会上交到男朋友了。对方不是跟她一样的新进员工，而是以指导人员身份参加研习的上司前原智也，虽然年过三十，但对新进女员工们来说是最受欢迎的一个对象，当然也是全公司单身女职员的目标。万一招来她们的嫉妒怎么办——当时羽依还喜滋滋地这么说。听闻前原一再叮嘱羽依千万不要把两人交往的事泄露给公司的人，凛觉得这个男的问题重重，但羽依正在兴头上，她不想浇冷水，便祝福这段恋情。

"或许他是很受欢迎，可是因此自我陶醉，这种男人我觉得不太对。起码也该谦虚点儿，像是不去在乎自己其实很受欢迎，或是即使知道，也能谦称'怎么会有人看上我这种人？'前原先生想耍酷，可是那根本不酷。身为关西的男人还这么不潇洒，简直完蛋嘛。"

羽依不满地垂下头说，侧脸被染成漂亮栗色的头发盖住了。羽依的卷发维持一早在洗脸台前细心烫好的状态，即使到了傍晚的现在，也依然完美。

"我决定了。如果他就只知道说些装模作样的话，也不肯跟我约会，我就要假装被他迷得神魂颠倒，对他百依百顺，等到他完全放下心来，再狠狠地甩了他。幸好我们还没上床，也还没跟公司里任何一个人说过，还可以重来。"

"何必这么麻烦，不喜欢就快点儿分手嘛。"

"就这样分手，有辱我羽依的名声。我才不会这么便宜他。"

羽依对自己的魅力，拥有和前原差不多——不，更胜于前原的自信。从小学到大学，学生时代的每一个阶段，羽依都是周遭男生的梦中情人。凛和羽依念同一所小学，每到午休，都看见她在操场的樟树下被男生簇拥。到了高中，羽依总是和才艺出众、外表阳光的男生手挽着手走在一起。羽依也很擅长挖掘新人，被她发现长处、虽不起眼却是块璞玉的男生在和羽依分手后，身价便会水涨船高。羽依没有交情长久的同性朋友，不过和对男生没什么兴趣的妹妹凛，因为个性相差太多，反而在成长过程中从未发生过冲突。

"凛，羽依，吃饭了！"

绫香在楼下喊道。

"好，马上去！"

姐妹齐声回应。以前母亲一样会从一楼呼喊，但这群姐妹却总是毫无理由地赖在各自的房间，直到母亲怒吼："饭菜都要凉了！"等到自己开始负责做饭，才知道这种行为有多恼人，终于知道要立刻下楼了。

"你知道今天吃什么吗？"

"牛肉烩饭。"

"咦？又来了？我怎么觉得老是在吃姐姐做的牛肉烩饭。虽然是很好吃。"

"她好像把牛肉烩饭跟碎牛肉饭搞混了。"

"牛肉烩饭跟碎牛肉饭不是一样的东西吗？"

"咦？是吗？"

"味道一样吧？我是不晓得。"

在羽依之后才回家，早已冲澡完毕的父亲先在餐桌前坐下了。老花眼镜被他自己身体的热气熏得雾白。

"爸，你回来了。"

"我回来了。"

父亲已经把沙拉和杯子在桌上摆好，姐妹俩只需要坐下就行了。绫香戴上隔热手套，端来盛了牛肉烩饭的盘子。

"爸，这样够吗？"

"可以，谢谢。"

冒着蒸气的盘子陆续摆到各人面前。

"姐，我只吃酱料，不要饭。"

"羽依，你又不吃饭了？牛肉烩饭就是要配热饭才好吃啊。"

不吃碳水化合物和甜食的羽依听到绫香的话，眼神游移，但仍旧贯彻意志。除了羽依，每个人的盘子里都盛了白饭。

"开动了。"

以豌豆的青翠作为点缀的牛肉烩饭，西红柿的酸味与炖煮得软嫩的牛肉风味浑然天成，红酒调味也十分浓郁，说不出的美味。耐心炖煮，直到所有食材都入味，这样的菜只有绫香才做得出来。餐桌旁边母亲的座位是空的，椅子成了无处可去的广告传单放置处。

"妈去哪儿了？"

"跟有田阿姨去祇园的歌舞练场看都舞①，说晚饭会一起在那附近吃。"

---

① 每年四月，京都的祇园艺伎在歌舞练场表演的舞蹈。

父亲边吃牛肉烩饭边摇头说：

"她也真懂得享受，居然可以找到这么多事情做，成天往外头跑。"

"妈说，难得有田先生帮忙弄到票，今天又是都舞表演的最后一天，无论如何都该去看一下。"绫香模仿母亲的口吻说。凛称赞道："你的语调跟妈一模一样！"

"我也想看看都舞呢。我连一次都还没有看过。鲜红色的歌舞练场上，会有穿着漂亮和服的舞伎一个个走出来，像人偶一样跳舞对吧？我也想穿上粉红色的丝绸和服，配上嫩草绿的腰带去看舞。"绫香拿着汤匙，一脸陶醉地说。

"我最讨厌舞伎了。五官扁平，不涂成泥墙就见不得人，却每一个都自我意识过剩得跟什么似的。就算晚上在路上遇到，我也会扭开头，看也不看她们。这也是在宣战，表示如果是我穿戴成那样，绝对比她们美上太多了。"

"羽依，你的个性真够差的啊。"凛钦佩地喃喃道。

"这孩子的不服输，根本到了异常的地步。我觉得舞伎那种稳重婉约的气质很高雅，我很喜欢。"

"姐，你那是废话嘛，哪一个舞伎会叽叽喳喳跟人说真心话？倒不如说，如果说个不住、笑个不停，舞伎就不叫美人了。不管长得再怎么漂亮，也会被归为厚脸皮或老太太这些美女之外的种类，永世不得翻身，会减损神秘的魅力。俗话说，人不是只看脸，这话说得真不错。个性很重要，听起来是老生常谈，不过即使用更严格的眼光来看，也完全禁得起考验。"

"羽依真是口无遮拦啊。"

"唉，这就是我的美中不足之处啦。"

笑声四起，餐桌的气氛变得明朗，众人胃口大开。

"对了，姐和羽依，要不要去植物园看玫瑰？花季马上就要到了。"

羽依从小就坚持不肯别人叫她姐姐，要小她一岁的凛也直呼她的名字。人家才不想当什么姐姐——年幼的羽依硬是死守么女宝座，凛也没理由违拗，出于习惯，一直以来都叫她"羽依"。

"植物园？之前不是才一起去赏过樱吗？我不是很有兴趣。"绫香动着汤匙，讶异地说。

"什么时候要去？黄金周连休我也有很多计划。"羽依也不是很起劲的样子。

姐姐们毫不热络的反应令凛焦急起来：

"我在想下下周怎么样？和赏樱不一样，京都府立植物园的玫瑰园非常壮观哦，我看到网站的照片，好像有三百多个品种。地点又近，一起去看看嘛。"

"下下星期不行。"

"为什么？你跟前原先生又见不到面。"

"现在是这样，可是日子还久，搞不好他会来约我。"

"羽依居然会为了男朋友保留周末，真难得。看来这次很认真啊？"

听到姐姐的话，羽依耸耸肩说"倒也不是"。

"姐呢？若不是周末，休馆日的星期二去也行。"

"那时候我打算去四条。"

绫香是图书馆馆员，每周休两天，休馆日的星期二是固定休假。绫香没有男朋友，假日通常都一个人，或是和朋友自由自在地度过。

"咦？姐去四条做什么？"

"看电影买东西。我们要帮图书馆的看图说故事活动做手绘海报，所以我想去买材料。真可惜。"

"你不邀爸爸同去吗？"

父亲从旁插言，吓了凛一跳。

"咦？爸跟玫瑰，很可怕的组合啊……嗯，好吧，爸愿意跟我一起去吗？"

"抱歉，下个月每个周末松山保龄球场都有练习赛。"

"什么嘛，那干吗问我？"

年过六十的父亲虽然延长了雇用期限，但分派到的工作减少，同时他开始前往附近的松山保龄球场练球。凛很疑惑，对父亲这个年纪来说，打保龄球对腰腿的负担不会太大吗？但似乎有许多同龄的保龄球玩家，父亲加入银发同好会，时不时出门打球。父亲开心地摆出投保龄球的姿势，但动作虚软，令人怀疑他是否真拿得动沉重的保龄球。

父亲叫奥泽萤，他曾向家人抱怨这个名字，觉得女人味太重，而且萤火虫的光既微弱又短暂，如果能选择，他情愿叫"奥泽繁"之类男子气概十足的名字；不过从外貌和气质来说，父亲完全符合萤火虫的形象。但父亲意外地喜欢散步或打保龄球等各种运动，每次去市立游泳池，总是以他纤瘦的身体像水蜘蛛似的轻快畅游。

"别看什么玫瑰了，你可以来看爸爸大显身手。"

"不用了。大家都好忙哦。"

"你一个人去就好了啊。"

"嗯……那样也有点儿没意思。"

在鸭川边灵机一动，觉得是个好主意的玫瑰园之游，在众人拒绝下，也显得魅力全失。

"还有两星期嘛，一定可以找到人陪你去的。"

绫香对沮丧的凛安慰道。父亲站起来去盛第二盘牛肉烩饭。

凛会做奇妙的梦。自小她便再三梦见在同一个小镇游玩。那是个不存在的小镇。梦见的次数多了，她试着画出地图，结果竟完成了一张完整的小镇地图：这里有小径，旁边有公寓，经过之后右边有农田，公园对面是树林，换乘公交车抵达的其他城镇最大的商业设施里面有电影院、饭店和温泉游泳池……是从来没有在现实世界中住过或去过的崭新小镇。

相反，也有只梦见过一次、内容莫名其妙，多年来却怎么也忘不了的梦。那是她高中某次打瞌睡时做的梦，在梦里，凛身子打横坐在置于地板上的绘卷旁边看着。绘卷以黑墨画了许多类似《鸟兽戏画》^①的图案，看起来就像古代的绘本，但唯一不同的是，每一个图案都栩栩如生地活动着。凛愉快地看着，突然耳边响起奶奶的呻吟声，让凛陷入一种说不出的恐惧。"行幸经过，行幸……"奶奶痛苦地喃喃，这时她惊醒了。

是毫无逻辑的常见噩梦，凛却无论如何都忘不了，是因为她置身于梦与现实交界时，刚好听见了奶奶的声音。呢喃声在她将醒之时于耳畔响起，那几乎就像在现实中听见的可怕感觉，盘踞在她耳底，怎么样都不肯消散。醒来一看，身边没有人，电视也是关着的。

另外，"行幸经过"这句话有个特征，四个音不只是音，还以文字形式清楚地浮现在脑海。

行幸经过。

如果那是奶奶的鬼魂入梦，应该会看到与她生前有关或与她有冤仇的人的名字，像是与"行幸"发音同为"miyuki"

---

① 全名为《鸟兽人物戏画》，据传是日本十二三世纪的多名作者共同完成的。内容以动物和人物戏谑地表现当时的世相，颇有今日的漫画风格。

的"深雪"或"幸"。但"行幸"不像人名，她也从来不晓得有这样一个词。于是查了一下词典，结果查到"行幸：天皇出巡"，更让她一头雾水了。

今晚会做什么样的梦？凛拍了拍从小用到大、尺寸抱起来恰到好处的大枕头，拍松之后再躺倒。闭上眼睛竖起耳朵，听见绫香洗完澡用吹风机的声音。如果一直住在这里，即使过了三十岁、四十岁，凛还是会住在"儿童房"。想要离开的话，就只能自己找机会。

***

八点刚过，斯巴鲁的面包车在家门前停下。天气不巧是阴天，天气预报说近江舞子地区甚至可能飘起小雨，但须田电子的新进员工还是没有放弃烤肉活动。羽依听见二楼窗外传来礼貌的喇叭声，隔着窗帘确定停在门前的车子，于是结束镜前的最后检查，拿起 L.L.Bean 原创印有字母"U"的大型托特包，原本最后要在手腕喷上柑橘系香水，最后还是打消了这个念头。和众人同乘一车前往目的地的途中，如果香水味太浓，或许会让别人认为她是个只知道打扮，毫不考虑他人感受的女人。走下楼梯一看，穿着睡衣的凛正在玄关晃来晃去。

"啊，羽依，早。我们家前面停着一辆不认识的车，是不是应该去应一下门？"

"没事，是我同期同事。大家要一起去烤肉。"

"咦！要去鸭川烤肉吗？"

"鸭川禁止烤肉啊。我们要去近江舞子。"

"去那么远？"

对不怎么离开京都，凡事都习惯在京都解决的京都人来说，只要离开京都一步，即使只是去邻县，都觉得是出远门。

"才不远呢。我搭同事的便车去。"

不能让同事看见长及耳下的头发翘得乱七八糟又没化妆的妹妹。羽依开门的时候，用身体挡住凛，免得凛被同事看到，自己则站着穿上鞋子。穿着红色格纹睡衣的凛好像是半睡半醒地跑下楼来，打着赤脚，连拖鞋都没穿。

"凛，你去睡回笼觉吧。我出门了。"

在凛挥手送别下，羽依掩上玄关门。

面包车载上了羽依以外的所有成员，早已充满了欢乐的假日气息。羽依在车内同事颇为兴奋的情绪迎接下，坐到副驾驶后方的空位。车里加上羽依总共七个人，不过这是京都组的成员人数。须田电子的总公司在京都车站附近，员工住处分布各地，住在京都的最多，但今天还有住大阪和滋贺的员工参加。他们约定各自前往，同乘一车过去的只有京都组。

　　"真的太感谢梅川出车了！这下就可以载烤肉用具了。如果是租车，要注意很多细节，非常麻烦。"

　　"也谢谢梅川帮忙开车！回程的时候不好意思，也要麻烦你啦！"

　　听到大家七嘴八舌的感谢，梅川看着前方低头行礼。梅川提供自己的车，来回都由他开车，连酒都不能喝，受到众人感谢是天经地义的事。面对形象加分许多的他，其他男同事会怎么想？羽依看着男人们乍看毫无心机的笑容思忖着。他们会觉得被超前一步吗？或者只是单纯地觉得幸运？

　　"出社会第一年，居然买得起斯巴鲁的 Exiga。这是家庭休旅车吧？"

听到在副驾驶座跟梅川攀谈的前原那过度悦耳的声音，羽依一阵烦躁，血液几乎快沸腾起来。自从在研习中与新进员工拉近距离以来，本来应该只有新人们参加的活动，前原每次都会获邀，而他也理所当然地参加，微妙地摆出前辈架子。

"咦？梅川已经成家了吗？难怪这么成熟。"

"居然秘密结婚！怎么不跟我报告一声呢？"

几名同事附和前原的话，纷纷提出梅川已婚说，车里顿时鼓噪起来。梅川一手握着方向盘，另一手在旁边挥着，做出"不是、不是"的手势。羽依听见他说"是为了跟钓友一起去钓鱼"。

"居然为了钓鱼买这么好的车？太可疑了。啊，其实不是钓鱼……而是钓女人吧？"

前原的话引来车内一片近乎假惺惺的大爆笑。平常的话，这种发言一点儿都不好笑，是因为前原以帅俊的面孔自信十足地说出来，才能得到这种效果。干吗自以为是地逗弄新人啊？白痴啊？羽依心里骂着，却也摆出和其他人一样的笑容。因为她之前已经决定，要装作为前原神魂颠倒的模样，热烈地倒贴，然后找时机，冷不防地撒手。

对新进员工来说，好不容易考进来的公司，上司竟是令人憧憬的存在，通常会令人拿捏不准应该尊敬、礼让到什么程度才好。前原和其他上司不同，巧妙地利用这种心理，清楚地对新员工展现出简单明了的距离感。即使没有直接说出口，但从对话当中，他明确地划定界线表示：我值得依赖，是可以跟部下开玩笑的上司；但是在公事方面，是必须心怀尊敬、严肃应对的上司。

与前原打交道时，只要遵守前原世界的规则，就不必费心琢磨揣测，新人也容易与他交谈。此外，前原也很擅长让众人认为他是公司不可或缺的人物。真的就是有这种男人，特别会扮演年轻人心中的理想形象，装成阳光又能干的大哥哥——羽依先前完全着了他的道，现在才后知后觉。曾经兴奋地和同期讨论"真想变成前原先生这样的人"的那个夜晚，她早已忘得精光。才刚交往就被晾在一边这件事，伤了向来自视为万人迷的羽依的自尊心。相反，前原在人际关系上的种种心机，开始令她难以忍受。

结果公司和大学社团在结构上也没什么两样——羽依想起因为太有趣，结果沉迷到差点儿害她留级的社交型运动社团。特别会耍嘴皮子装样子的家伙处于金字塔顶端，其他全是些轻薄的追随者。不过这种社团也有可取之处，抛开表面上的权力之争，水面下整个团体时时刻刻都在针对个人实力进行审查，真正优秀的人会慢慢地崭露头角，虚有其表的人则会在漫长的时间里逐渐被淘汰。

坐在羽依后面的两名女同事已经打开带来的零食，饼干棒也传到羽依这里来。说是同期，不久前还是陌生人，女同事虽然坐在一起，但对话热络不起来，气氛有些尴尬，所以才会拿出零食救场吧。拿到饼干棒的其他男同事虽然嘴上道谢，却也不怎么开心的样子，羽依决定晚点儿再拿出自己的零食。

"这个好好吃啊，让人想起毕业旅行。有人会趁着男生睡着的时候拿饼干棒插他们的鼻子。"

羽依转向后面笑着说，女同事们露出开心的笑容。不管跟任何人都能炒热对话的羽依，在密闭空间里需要对话的时候特别受到器重。

近江舞子的天气同预报一样，不甚乐观，但幸好没有下雨，须田电子的员工立刻开始准备烤肉。久违的琵琶湖与黑糖色的湖畔，让羽依的心紧紧地揪了起来。小时候，她好几次到琵琶湖这里来玩"海水浴"。父母指着琵琶湖说"这就是海",欺骗从未见过真正大海的女儿。

"你看,有波浪啊。哗……哗……地拍打过来。下去游泳吧。"

事实上琵琶湖真的有阵阵波浪,波浪的表面还浮着一层诡异的油,也许是防晒油。羽依腰上套着泳圈,欢呼着跳进"海"里,虽然纳闷"听说海水是咸的,原来并不咸",但还是和姐姐泼水嬉闹。因为在"海"里泡了太久,当天晚上上床之后,一闭上眼睛,感觉好像仍然在波浪里漂荡着。

第一次看到真正的海,是初中和亲戚去志摩御座白滨旅行的时候,与一直以为是"海"的琵琶湖相比,规模相差之大,令羽依整个人都傻了。当然,那时候的羽依已经知道琵琶湖并不是海,而是一个巨大的湖,但无边无际的水平面及白浪的感染力,还有海水的透明度,甚至让羽依怨恨起父母来:我之前误以为是海的,到底算什么东西!

但是上了大学,在旅行中见识过冲绳与夏威夷等清澈的皇家蓝大海后,羽依暌违许久再次回到琵琶湖时,却有了改观:对我来说,海就是琵琶湖。儿时高呼:是海!是海！打着赤脚全力奔过沙滩的回忆，即使在已经知道那是湖的现在，也绝对不会褪色。那是嵌着泳圈漂浮在平静水面上的珍贵回忆。

不好，这种时候发呆，会落后于别人的。望了琵琶湖好半晌的羽依转过头去，加入烤肉的准备工作。烤肉活动的前半，每个人都会铆足劲想要表现自己有多能干，因此若是心不在焉，很容易就会落入无事可做的窘境。不过羽依今天的计划，是前半的准备阶段不要太出风头，让出切菜洗米等明星任务，只稍微帮忙一下；等到众人酒足饭饱，开始懒散松懈的时候，再揽下收拾善后这些没什么人想做的工作。

如果是朋友一起烤肉，她不会想这么多，但是与工作有关的活动，这类场合的行动会影响到平日在公司的风评。大肆表现，自以为干练女性的举动，只能到大学为止；现在已经迈入社会，比起出风头，更应该放宽视野，展现出真正体贴的女性风范。即使是低调到看起来很无聊的丢垃圾等工作，一定也会有人注意到的。

"啊，我来我来，交给我吧！"

两名个性文静的女同事彼此客气，为了谁来切菜而互相礼让，这时衣着暴露的关插了进来，一把抢过菜刀，开始切起胡萝卜。她以意外女人味十足的动作利落地切菜，前原见状出声：

"哇，很熟练哦。是在家也常做菜的架势。"

关开心地说："才没有呢。"正在用削皮器削土豆的羽依一眼也没有看他们两人，但雷达当然巨细无遗地监控着。白痴啊，令人傻眼。不过关表现到那么露骨的地步，倒也干脆。她好像看上了前原。

当大阪组的关穿着热裤配七分袖纽扣领衬衫现身沙滩时，单细胞的男同事都惊呼起来："哇哦！"关穿着露出半截大腿的牛仔裤，修长的大腿配上纤细的脚踝，脚上踩着完全不适合在沙滩行走的厚底凉鞋，头上则戴了顶宽檐女星帽。竟然不要脸地抢风头到这种地步，其他女同事也无法视而不见，只好称赞："身材好好哦！"男同事虽然欢呼，但里头应该也有不少人退避三舍。不过这里没有女性前辈会说"关，脚会被蚊子叮哦"，因此她豁出去的打扮大获全胜，为烤肉活动增添了热闹与活力。羽依在家里虽然毫不隐藏自己，要求家人关注，但在外头还是知道要收敛；不过看到身边有个女人比自己更受瞩目，还是气得牙痒痒的。正因为深知自己长裤底下的一双腿，线条之美更胜于关，羽依真想索性换上泳衣，当场跳进琵琶湖。

关华丽地切完菜后，用长筷子把肉放到烤网上，一边被油烫得尖叫连连，一边将烤好的牛肉和香肠一一夹到男员工的盘子上，受到爱吃肉的男士们连声感谢。当然，她不着痕迹地夹给前原最多肉。由于她的活跃，女同事里有人最后什么忙都没帮到，无所事事地杵着，只能享用完成的料理，被男同事奚落："这么轻松，真幸运哦。"在这种气氛下，那个女同事几乎被烙上了"她可能会把工作推给别人，自己纳凉"的形象，只能苦笑着夹起纸盘上的豆芽菜慢慢吃；但其他女性似乎也在同时间察觉到，其实她才是真正体贴，能任劳任怨做些不起眼工作的人。

至于男人们，开车的梅川被其他人说"辛苦你了，你坐着休息吧"，因为不能喝酒，被塞了瓶可尔必思，干坐在一旁，遭到孤立。男性圈子里充满了"不能再让你继续出风头"的气氛，羽依不禁想，男人的社会也好可怕。

他们一群同期也一起打过保龄球，当时男士之间的火花也非常惊人，众人表面上装作只是在打保龄球，却能感受到他们心里根本不把这当成游戏。一名男同事带来自傲的美女女友，在自己投球时为他娇喊助阵；团体赛时，众人也为了名次而拼得你死我活，就好像分数反映了在公司的业绩。女同事装作完全没察觉男人间的意气之争，负责以悠闲的态度和笑声缓和场上的杀气。

烤肉的火弱了下来，男人们煞费苦心地生火，这时前原潇洒登场，微妙地调整木柴的堆叠方式，改善空气对流，火焰一下子便熊熊烧了起来。看见前原受到女性一致喝彩，羽依内心再次咒骂：你就是这样，老是一个人独占功劳，才会被同期跟上司讨厌。这下赢得心灵还算纯洁的新进员工全心尊敬，太好了呢。不过你能得意的也只有现在了，好好把握吧。

自从抵达近江舞子后，前原就避着其他人的目光，真的是不着痕迹地偷偷与羽依对望；羽依留心别像先前那样喜上眉梢，却也表现出"我最爱你了"的演技回望他。从前原不时吹起的清亮口哨音色，可以一清二楚地看出他心情绝佳。

前原虽是个风云人物，却又带有过于浓重的阴郁气质，羽依之前就是被他这种矛盾特质所吸引。人前人后有两种不同的面貌，这实在太令人在意了。明明累得要死，与人交谈的时候，还是会佯装兴致高昂，好让对方尽兴，勉强切换成交际模式，炒热气氛。

前原说话的时候，有时引擎还没有完全打开，这种时候的他，眼神空洞，脸部肌肉整个松垮，就像个断了线的傀儡人偶。只有语气维持一贯的轻快，从"最近怎么样""你今天的衣服好漂亮"这些细节开始聊起，然后引擎才会渐渐热起来。本人似乎完全深信自己表现得无异于平常，没有人察觉他的疲累和倦怠，这样的他也令人怜爱。

羽依隐约察觉，她会被前原复杂的一面所吸引，是因为自己也有着类似的一面。今天的日本和平无战事，然而却不知为何，有人仍不停奋斗着。他们共同的特征是，眼神如鹰，一旦动怒，血液便熊熊燃烧起来，为了赢得胜利，能够冷酷到令人咂舌的地步。即便不到前原那种地步，但羽依早已察觉自己也是同类，以及这样的斗志很容易被误以为是魅力，因为这层理解，她才能捕捉到前原这种特质。

急急忙忙吃着表面一下子就烤焦的肉和蔬菜，打开烧酒预调酒和啤酒罐畅饮，果然爽快。刚好阳光从云间射下，众人欢呼起来，就好像是他们成功召唤了太阳。有个男同事喝得太多，把这场合当成了大学社团活动，露出半颗屁股，不断遭到抗议后，才总算拉起裤子；接着众人各自和投合的伙伴聊起天来。酸橘鸡尾酒的微醺恰到好处，羽依暂停出于算计而行动，加入同样喝醉的一群人天南地北地闲聊。随着醉意上来，多数人开始聊起工作；男同事七嘴八舌地热烈提出意见，像是"我因为喜欢公司，所以有些地方我觉得不太对""我想一步步改进缺乏生产性的环节"。看在羽依眼里，他们并不像是一群因为热血而激动讨论的新人。真要说的话，更像是将来步入中年后，会赖在居酒屋拿对公司的不满当下酒菜、大发牢骚的麻烦员工预备军。

有时会有少数女性加入他们，就像便当盒里用来点缀的香芹；她们十分清楚自己的角色，眼神严肃地点头聆听；但是不出几年，她们也会变成脑袋空空的老员工，打断说："喂！不要聊那种扫兴的话题啦！"

"不晓得为什么，最近晚上睡觉，我的脚都会抽筋呢。"

一位明明是同期，却不知为何坚持用敬语说话的男同事说道，羽依忍不住苦笑。不过这半醉半醒的状态，总比聊工作更轻松，因此羽依和其他几人一起听他抱怨健康状况。

"会不会是水分、营养不足或是疲倦、压力？还是怀孕？孕妇好像很容易脚抽筋。"

"我怎么可能怀孕？嗯……是太疲劳了吗？"

"我做那个都会抽筋。"另一个男员工说。

"做哪个？"

"就是体重压在脚上的姿势，注意到的时候就抽筋了。我都哈哈笑着掩饰过去，继续做下去，可是对方都会问：你是怎么啦？"

"所以说，'那个'到底是哪个啊？"

两名男性的对话似乎就要转向黄色话题，羽依笑了笑，眼角余光扫到伫立在琵琶湖畔的前原和关。两人手中都拿着啤酒罐，面带笑容，关打赤脚泡在湖水里。缎带松开的厚底凉鞋扔在稍远处的沙滩上。如果两个都是新人，应该会有人插进去搅局说："喂，禁止两人世界！"但其中一个是前原，大家可能不好干涉，都装作没看到的样子。关完全不在乎旁人的眼光，对前原露出灿烂的笑容，自以为在出演清爽的啤酒广告，仿佛在宣布：我一站在这里，连琵琶湖都会变成加勒比海的沙滩！

比起嫉妒，羽依瞬间心头满是前些日子受到前原青睐，开心得飘飘然，甚至答应和他交往的自己，顿时羞愧得几乎要满地打滚。为什么女人——或者该说我，会对出色男性的肯定如此无法招架？明明再怎么出色，顶多就是一方土霸，只不过是被井底蛙给看上罢了。新人研习那时候，其他人看见双颊潮红地和前原说话的我，观感一定就像现在看到关的我。

此外，前原以显而易见的手段撩拨嫉妒的手段，也令羽依倒尽胃口。有时候，某些男人明明不是那种会搭讪女人的类型，却莫名积极地朝她送上大胆的眼神，或态度轻松地与她攀谈。羽依也和善地回应，结果他们的女友或妻子便会带着厉鬼般的寒霜笑容，凑到男人身边，彬彬有礼地向羽依寒暄。这种时候，羽依总想呲舌头：我可不是你们小两口助兴的工具！

为了让女伴嫉妒而亲近其他女人的男人，他们的共通点是平常自尊心极高，绝对不会随便搭讪女人或对女人送秋波。前原也符合这些特质。独自一个人的时候，如果主动搭讪亮眼的女性，却遭到冷漠的拒绝，会伤到自己，也可能被当成可疑男子，所以他们绝对不会这么做。但如果身边有个女伴，只是看到自己跟其他女人交谈就会嫉妒，就能维护自尊心。就类似顽童知道母亲总是守护着自己，也知道做得太过火会挨骂，却故意跑得远远的，不停恶作剧。

准确地说，今天的自己不是被拿来助兴，而是被助兴的主角之一，但羽依还是一样觉得窝囊。

烤肉网上残留着直到最后都没人吃、没烤熟的玉米块。其中一面已经烤得焦黑了，另一面却几乎还是生的。网上还散布着不受欢迎的卷心菜和萝卜等，羽依开始焦急：如果收拾掉那些东西，是不是会被认定为失败组？根据当初的计划，差不多这个时间就应该开始若无其事地收拾善后。但大家都还在喝酒聊天，完全没有人要起身收拾的样子。开动之前的准备时间意外的久，考虑到结束时间，现在不开始收拾，感觉会来不及；但是对众人来说，自由的时间好不容易才刚开始，应该舍不得就这么结束。

大家都还在休息，却擅自开始动手收拾，可能会被认为不懂得察言观色、很婆婆妈妈，有损自己的形象。但即使想要撇下善后工作，再次加入对话，一看到前原和关那副模样，原本靠酒精催化出来的愉悦心情也整个烟消云散，难以再次恢复高亢的情绪。结果羽依顾虑太多，几乎没法享受烤肉。

羽依悄悄叹了一口气，起身拿夹子开始夹起网上烤焦的食物，丢进垃圾袋。她正在和粘在网上的焦黑残渣格斗，这时梅川凑了上来。他手上的饮料从可尔必思换成了伊藤园绿茶。

"我来吧。"

"啊，谢谢。"

羽依把夹子递过去，梅川按着网子，强有力地夹起焦黏的残渣，丢进垃圾袋。羽依接回夹子，夹住玉米，犹豫不决。

"怎么了？"

"这个还可以吃，觉得有点儿可惜。"

喃喃之后，羽依羞得脸都热了。烤肉一定会剩下食材，自己在说什么穷酸话啊？还是丢掉吧。羽依正准备把玉米丢进垃圾袋，梅川制止说"等一下"，拿来喷枪，用火焰炙烤玉米没熟的一面。

"不错哦，淋一点儿酱油吧。"

羽依淋上酱油后，梅川再次用喷枪炙烤，网子上散发出扑鼻的香气。

"好了。"

羽依咬了一口梅川递过来的玉米，烤好的那一面吃起来就像摊贩卖的烤玉米，又甜又多汁，挺好吃的。

"你刚才一直在看琵琶湖。"

"啊，是啊。"

居然有人观察我的行动？梅川察觉羽依的惊讶，补充说：

"我一个人没事做，很无聊，所以一直看着大家。奥泽小姐喜欢琵琶湖啊？"

"我想起小时候爸妈骗我说琵琶湖是海，讶异自己居然会相信。"

"琵琶湖比海还要棒。"

听到梅川这么断定，羽依笑了出来。

"你怎么能这样一口咬定？"

"从近江舞子这边看去，就像一片大海，湖西边，还可以看到湖水才有的高透明度水质。高中的时候，我常为了钓鱼，和朋友骑自行车绕行琵琶湖一周，很清楚琵琶湖的好。"

"琵琶湖可以钓到鱼吗？"

"有不少黑鲈，不过也可以钓到小香鱼、琵琶鳟鱼、西太公鱼等。很好吃的。不过比起钓鱼，主要目的还是露营啦。"

喂，禁止两人世界！喝醉的男同事插进来，羽依啃着玉米笑了。接下来很自然地进入收拾的阶段，羽依将两袋塞得满满的垃圾袋送到垃圾集中处，已经不在意别人的目光了。

***

手手握拳，手手开开，双手拍拍，手手握拳。

敞开的图书馆窗户传来后方幼儿园幼童的歌唱声。正将归还的书籍放回原位的绫香忽然一阵头晕目眩，随即站定身体，弯膝将书本插进下方的书架。图书馆开馆时间一到，读者便纷纷涌入。平日上午最多的是来看报的老人家，也常有带着幼儿的母亲和中年人。

放好书回到柜台的途中，绫香制止奔跑的小孩，将随手归位而皱巴巴的报纸恢复原状。其实应该提醒在阅览席上边吃东西边看杂志的老人家馆内禁止饮食，但有时遇上一些坏脾气的老人，可能反而被教训，所以绫香假装没看到，直接经过。对违规的小孩，就可以毫不犹豫地指正，轻松多了。

"有读者说过馆内太热要开冷气吗？"

听到柜台同事这么说，绫香松了一口气，点点头说"好"，去关窗户。幼儿园传来的可爱歌声被隔绝在外，天花板吹出来的冷风流进来。虽然已经入夏，但这几天早晨都很凉爽，因此决定上午为了省电，尽量不开冷气；不过今天太阳确实突然活跃起来，才十一点钟，却已经颇为炎热了。但是绫香之所以松了一口气，并不是因为这下就可以在冷气房里工作，而是不必听见小孩子的声音了。

刚开始在图书馆工作时，当然不觉得幼儿园的声音吵人，反而很开心能听见孩子们天真无邪的可爱嗓音。但是最近每次听见幼儿园儿童那阵阵发自心田、宛若天使的笑声，她就胸口发疼。在图书馆看到婴儿车里的婴儿，或是才刚学会走路的幼儿，以前她会眯眼微笑，现在却会避开他们。已经长大到小学生年纪的孩了，她就无所谓。

早晨为了换气而打开阅览区前的窗户时，后方幼儿园儿童的欢笑声一下子涌进图书馆，令她心痛到想要捂住耳朵。得快点儿生孩子才行，但是在那之前，得先结婚才行——这样的焦急濒临极限，然后逐渐退潮。如此的内心动荡虽然只有短短十秒钟，但每天早上都要经历一次，便形成了莫大的压力。

三十一岁。时限逐步逼近。每次看到别人可爱的小孩，就会担心起自己什么时候能生。生性优哉的绫香二十七岁时与大学时代起开始交往的男友分手，从此便一直过着平静的单身日子；但三十岁一过，她顿时不安起来。原本她认为即使不必刻意做什么，总会有不错的邂逅，早晚都会结婚，然而却总也等不到恋爱的机会。图书馆每天都有来自京都各地的居民造访，她却不曾与任何人变得亲密。每天只是往返于家里和职场之间，偶尔和老朋友出游，或一个人去想去的地方；这样的生活一久，绫香渐渐发现，要找到机会和什么人认识，是难上加难。

尽管发现了，却也不知道能采取什么行动。从前绫香看到路上的情侣也无动于衷，现在却会被幼儿可爱的模样和笑声搅得心烦意乱。以前几乎没听说，但最近关于高龄生产风险的报道愈来愈多。随着年龄增长而下滑的出生率、对母子的危险等，这些问题绫香在三十岁以前从来没有深思过；受到报道的刺激，她四处查阅资料，这才真的吓得脸色苍白。关于怀孕生产的书籍，图书馆里多得数不清，但是在职场看相关书籍令她觉得丢脸，她还特地前往市内其他图书馆，把所有能借的书都借了回来，贪婪地阅读，结果焦虑到连夜里都睡不好的日子开始了。没有男朋友无所谓，但是她想要孩子。

绫香不知道京都的男女结婚年龄相较于全国平均水平是高还是低，但起码自己身边的同龄的朋友，大部分都已经结婚生子。当然也有还单身的朋友，但都已经有了婚期将近的对象。她从传单或海报上看到京都市在劝业馆举办征婚联谊活动，铁道公司在电车里举办联谊，却都提不起勇气去报名。绫香平常就会驻足观看路边张贴的海报或免费报纸，注意到市政府愈来愈积极地为未婚男女提供认识的机会。市政府主办的联谊特别受欢迎，太多人报名，往往早在截止日之前就额满，甚至必须抽签决定让谁参加。如果能认识不错的对象，她也想去看看，但万一有认识的人参加，那就太丢脸了。而且她不晓得可以约谁一起去，又没有勇气独自参加。

如果是新开幕的烘焙坊，她可以毫不犹豫地推门敲响门上的铃铛，碰上联谊会，却连报名的勇气都没有，这让绫香对自己气恼极了。而且不只是朋友，连家人都完全没发现其实绫香很焦急，所以似乎也没有人会介绍对象给她。

"五本对吗？归还期限是七月二十九日。"

眼前这位擅长利用图书馆，总是抢先预约新书借阅的女子将扫完条形码的书本放入手提袋。女子眼鼻细小，五官扁平，留着一头短发，穿着细条纹 T 恤，左手戴着简单的婚戒。一想到连看起来这么文静的女性也有结婚的机会，绫香忍不住思考，对方跟自己究竟有什么地方不一样？

原本打算直接回家的，公交车来到离家最近的站牌时，坐下去的屁股却迟迟抬不起来，公交车就这样继续往四条方向驶去。为什么我会叫自己的家"实家"①呢？我就只有这一个家，哪有什么真假可言？甚至不曾一个人在外面住过，打出娘胎以来，就一直住在同一个地方。这样的想法掠过脑际，一如往常的站牌前景色令她痛苦不已，想下也下不了车。也许是公交车里有多达三组的女生穿浴衣的缘故。

今天是祇园祭②的宵山第二天。七月初便展开祇园囃子③的练习，或是将山鉾从仓库里搬出来组装，但最重要的活动还是宵山，众多来自市内外的游客都会共襄盛举。每年宵山之前的天气总是很糟，都说"今年一定会因为下雨而停办"，但是到了宵山当晚，祇园祭中心的四条通④就会雨停，只留下闷热的空气，这就是宵山的神奇魔法吧。

现在都已经傍晚了，从公交车看出去的堀川通，空气仍灼热到仿佛会扭曲景色。京都这座城市，人行道上没什

---

① 日文中称出生的老家为"实家"，对出嫁的女性而言，即是娘家。
② 祇园祭是京都八坂神社的祭典，日本三大祭之首。祇园祭贯穿整个七月，其中最精彩的活动是"山鉾巡游"，三十多座装饰华丽的彩车会沿街巡游，"山鉾巡游"的前夜祭被称为"宵山"，彩车会被提前摆出供人欣赏，届时京都的主要街道都会禁止车辆通行，成为步行街。
③ 日本传统伴奏音乐，多使用笛子及打击乐器，伴以人声吆喝。
④ 日本道路的命名方式之一，后加"通り"表示大道、大路、大街。

么遮蔽。由于法规限制，无法兴建大楼，又或因棋盘状道路构图的关系，街上的行人都曝露在艳阳下，除非用阳伞遮阴，否则完全无处可躲。没撑阳伞也没戴帽子的人，有时会像雨天忘了带伞那样，一下左一下右地四处投奔民宅屋檐或树下的阴凉处。

"前方因为举办祇园祭，将进入堵车路段。赶时间的乘客，请在此下车。"

开始堵车了，绫香在距离四条还很远的地方下了公交车，一边叹气，一边决定就这样走到四条通。两名疑似游客的浴衣女子似乎没想到半途会堵车，讨论着该怎么办。要坐出租车吗？绫香想忠告她们"就算搭出租车，一样是堵车"，但因为她知道穿浴衣搭配的木屐有多难走，实在无法建议她们长距离步行。

绫香快步朝四条走去，额头开始冒汗。明明早就决定今年不去了，为什么现在却一个人朝着祇园祭会场走？祇园祭就是要携伴参加才好玩，京都市民多半早在七月初就找好同行的伙伴，若是不幸落单，就安分待在家里。

绫香最近一次参加祇园祭的宵山，是前年和高中的女性朋友四个人一起，说着"这是三十岁前最后一次穿浴衣"，穿上深蓝底配绣球花图案的浴衣。小时候和学生时代，虽然会凑热闹参加祇园祭，但多半都是随着大量人流走过四条通，在摊子上买些小吃享用，十点左右，才累得一塌糊涂地回家。

那次看完祭典，即将打道回府的时候，两名朋友宣布最近就要结婚的消息，绫香欢呼祝福，但头一次萌生了焦急的情绪，就像小兔子警觉地竖起单边的耳朵。那个时候只有掌心大小的兔子，现在已经变得硕大无比，模样宛如魔神般青黑臃肿，将挣扎的绫香压在屁股底下。

绫香大可以拐进油小路通，笔直前进，直接进入四条通，她却没有勇气去大马路，因此左拐进入六角通，拖延时间。一个人享受祭典固然难度很高，但遇上熟人的风险也很高。因为这天全城的人都会出动，在京都只要看到这样的人潮，都一定会惊讶地问："怎么，今天是祇园祭啊？"绫香不想被朋友看见自己独自在囃子音乐热闹回响的街道上彷徨的模样。

绸缎批发店摆着两三千日元的破盘价浴衣，许多女人围在那里挑选。拿起衣架上浴衣端详的人，脑中想的应该是今年夏天接下来的祭典。祇园祭是京都规模最大的祭典，但最热闹的宵山是在七月中旬，比其他神社的祭典或焰火大会都要来得早。祇园祭结束后，游客锐减，原本热闹的四条通也会冷清不少，大街小巷曝露在盛夏艳阳下，盆地特有的宛如地狱锅煮之刑的闷热，才正要开始，唯一的乐趣只有其余的祭典，京都市民尽管热得快中暑，还是会穿上浴衣，前往参加宇治川焰火大会。

三千日元以下的浴衣到底是什么样子？绫香停步，从稍远处眯眼观望衣架上成排的浴衣。看起来果然非常廉价，完全无法和母亲传给绫香、每年珍惜地穿上的蓝染浴衣和博多腰带相比。不过，也有粉彩色调的浴衣，难怪能吸引到年轻人。

京都变得很会做生意。这十年左右，绫香深切地体会到这一点。而且生意手段一年比一年高明。绫香高中的时候，说到京都的特产，就只有八桥①等传统糕点、腌渍品、贴上和纸的手镜及牙签盒、新选组②的宽袖上衣制服等。现在，沿街都是创新和风小物的杂货店，手巾、束口袋、吸油面纸、浴衣等等，传统和风与现代风格交融的京都杂

①　京都的代表性点心，由米粉、砂糖、肉桂等制作而成。
②　江户幕府末期的佐幕派武士集团。

货愈来愈多，连早已熟悉和风的绫香都忍不住驻足观看。

食品也是，原本就是名产的七味唐辛子和山椒的种类增加到难以细数。到了夏天，菜单上的刨冰也多得让人目不暇接，价钱从低到高，不一而足，显然是为了赚取观光财，但绫香等当地居民也蒙受恩惠，可以品尝到各种店家的抹茶刨冰。绫香也喜欢在传统町家①开的咖啡厅或西式餐厅，看着裸露的梁柱品尝西红柿意大利面，她不禁赞叹这是当地人绝不会有的主意。唯有将京都视为更加充满梦想、历史悠久的场所，而非单纯居住的场所，才能发现这样的视角。

终于来到四条通的绫香，一如既往，再次被鱼贯前进的人山人海给震慑了。宵山有许多看头，像是山鉾、稚儿②、囃子演奏等等，不过眼前最多的就是人。除了人还是人。这些来到祇园祭，却不知道该做些什么好，姑且顺着人流鱼贯走过四条通的人们，被囃子咚咚叩叩的声音洪水给吞没，兴奋忘我。这祇园祭的游行，就是现代京都的百

---

① 江户时代都市地区住家兼商店的建筑形式。
② 祭典游行中扮演天童（护法鬼神在人间的化身）的童男童女。

鬼夜行。尽管都已是日暮时分了，但人潮的热气加上太阳残留的热度，使得柏油路面灼热极了。小学课程里学到，祇园祭的起源是祈祷疫病消散，但在这样的大热天里聚集这么多的人，绫香总觉得反而会害得疫病蔓延。

行走在平日车水马龙的大马路正中央，光是这样就令人觉得舒爽。多笔直的道路啊！马路经过河原町，越过四条大桥，一路直通八坂神社这处京都最繁华的地带。口袋里的手机突然震动，是父母传信息来了，说他们已经看完祇园祭回家，还附了穿浴衣的合照，绫香不禁苦笑。就连看到父母感情好的样子都要小小嫉妒一下，自己真的病入膏肓了。如果一切邪念都能在这场祇园祭的喧闹和闷热当中，随着汗水一同蒸发到夜空里就好了。

"绫香？这不是绫香吗？"

绫香正仰头望天走着，忽然被人叫住，惊得停下脚步。迎面而来一对男女，正指着她走来。一开始绫香认不出是谁，仔细一看后不禁惊呼一声——是初中的朋友苗场，男的不知道是谁。

"好久不见了！我觉得这个人看起来好眼熟，仔细一看，原来是绫香！你还记得我吗？"

"当然记得，苗场，好久不见！初中毕业后就没见面了。你现在好吗？"

"很好很好，啊，你一点儿都没变，一看就认出来了。"

"你还记得我吗？"一旁的男子探头过来问。

"呃，好像有印象，又好像没印象……不好意思，有点儿想不起来。"

"怎么会！我是樋口啊！"

"啊，原来是樋口！难怪总觉得这张脸好像见过，可是你变得好成熟，我才会有点儿不确定。"

绫香配合男子的话假装认出来，但其实她完全想不起来对方是谁。听了苗场的说明，记忆的大门才总算打开。樋口住在苗场家附近，和绫香她们就读同一所初中，但没有同班过。以前去苗场家玩的时候见过樋口，打过一次招呼。她勉强想起樋口在运动会时当啦啦队活跃的模样。

"好怀念，虽然就住在附近，可是都没什么机会见面嘛。绫香，你今天怎么会来？"

"其实本没打算要来的，下班回家，顺路过来看看而已。然后看到这么多人，还是吓到了。"

绫香的公司明明不是可以下班顺路过来的距离，但两人当然不会知道。

"这样啊，我们也是打算逛一逛，吃个晚饭再回去。我们等下要去预约好的餐厅，你要不要一起来？"

"不好吧，我可不想当电灯泡。"

"怎么会！我们因为住得近，认识太久，才会经常一起出门，不过大都只是埋怨好闲好无聊，然后回家而已。虽然是家像居酒屋的店，如果你有空，一起吃个饭吧？"

"难得遇到，一起聊聊近况吧。"

我有什么可以分享的吗？绫香对樋口回以笑容，一个回神，发现自己已经点头答应了。

"嗯，刚好，我也正觉得就这样回去有点儿没意思，带我一起去吧。"

两人嘴上说只是老相识，但也并非完全没有约会的气氛，不过他们表示欢迎，所以绫香才能轻松答应。最重要的是，和他们说话的瞬间，周围的喧闹、祭典音乐忽然恢复鲜明，就好像喉咙干渴的时候灌下柠檬碳酸饮料般，世界整个开阔起来。原来我先前都处在这么欢乐的空间里吗？祇园祭果然还是该携伴参加。

"苗场，店在哪里？"

"就在这附近。是最近刚开的餐厅，京都家庭料理的种类很丰富，又好吃。"

"哦？真期待。在宵山的日子预约餐厅，设想得真周到呢。以前都是在小摊随便吃些小吃，然后就回去了。"

"小摊人太多了，连买个章鱼烧都要排好久的队。就算排得到，也吃不饱，垃圾也不晓得该丢在哪里好。都三十岁了，不用再吃小摊子了吧。"

"我曾经在祇园祭的摊贩街看到有如战争时期的场面哦。因为人太多，孙子跟爷爷被拆散，愈分愈远，小孩子尖叫着哭喊'爷爷！'简直太惨烈了。"樋口说。

"对啊，摊贩街异常狭窄嘛。呃，虽然知道很挤，不过如果可以，我想吃一下那边的盐烤香鱼呢。我好喜欢那个。"

连骨头都可以吃的盐烤香鱼串，是绫香最爱的小吃。

"好啊，去餐厅之前过去吃一下吧。"

樋口立刻寻找摊位。

小摊不是摆在宽阔的四条街，而是密集分布在展示了山鉾的狭小街道。今年人潮依然可怕，进去和出来的行人摩肩接踵，双方都强硬地往前挤。幸好盐烤香鱼的摊位在街道入口，可能价钱也比其他地方要贵一些，不需要排队，绫香一下子就买到了。

撒满盐的整只香鱼从嘴到尾巴穿成一串，表面烤得酥酥脆脆。不能因为是摊贩卖的小吃就小看它，这可不是把大条的柳叶鱼伪装成香鱼拿来卖，一口咬下，确实可以品尝到香鱼鲜嫩的滋味。摊贩卖的多是抹酱料或淋糖浆等滋味浓腻的小吃，相较之下，盐烤香鱼的滋味淡雅，在暑热之中，令人联想到溪流的清凉。虽然觉得似乎不够吃，一条吃下去后意外地颇有饱足感，而且方便食用，不必担心酱料弄脏嘴或浴衣。

难得来了，也去看看山鉾吧？三人说好，去参观了一下樋口最喜欢的山鉾——屋顶有巨大活动机关螳螂的"螳螂山"，还有极为高耸，山鉾里唯一有活生生的幼儿坐在上面的"长刀鉾"。说到山鉾，感觉像是继承了传统的日本精神，但实际在近处一看，有些正面的挂毯是波斯地毯，或画有中国狮子，更接近东方情调。不过那浓烈的色彩与祭典的热闹，以及同样特异的咚咚叩叩金属性祭典囃子一拍即合。垂直悬吊的成排灯笼气氛妖艳，直盯着看，感觉会像飞虫一样被吸引过去。山鉾上挤满了囃子演奏员，蜷起的背对着外头，专心致志地演奏着。山鉾里头究竟会有多闷热、多吵闹呢？

"今年的螳螂也活力十足地挥舞镰刀，太好了。"樋口说。

"每次看那只螳螂都忍不住怀疑：'咦？本来就这么小只吗？'在想象里，一年之间，那家伙已经长到盖住整个山鉾屋顶那么大了。"苗场应道。

"大成那样，都变成螳螂妖怪了。会变成特摄电影里面的怪兽啦。"

绫香听见走在稍前方的樋口和苗场的对话。

刚好逛得也累了，抵达门口有大红灯笼的餐厅一看，店里的人因为来客突然比预约人数多了一位，不知所措，不过等了一会儿，三人便被领到吧台座。店内高朋满座，可以理解店员是在着急不晓得挪不挪得出位置。吧台摆了许多大钵盛装的京都家常料理，三人对照菜单，点了贺茂茄子田乐烧①、炸豆腐皮、炖煮水菜、万愿寺唐辛子、炖小鱼、土豆沙拉。这里将传统的京都家常菜稍微改造成年轻人喜爱的风味，像是小鱼用辣油炒过，外观像冰激凌的土

---

① 一种将食材抹上味噌烧烤的日本料理。

豆沙拉有火腿作为点缀，非常美味。

"你们两个都结婚了吗？"

三人聊到近况，聊得正热时，绫香不小心脱口问道，立刻后悔了。要是自己被问到，一定会厌烦地想："又是结婚话题？"然而无人提起时，自己却忍不住要问，实在太可笑了。幸好两人都没有受冒犯的样子，以一模一样的动作摇摇头说："完全没有。身边的人倒是正在结婚热潮上。不是有个跟我们同班的坂井理绘吗？她上个月也结婚了。我参加了她的婚礼。"苗场说。

"我也没结婚。大家都结婚好早哦。也有人从初中开始交往然后结婚的。"

"你说藤田跟中泽那对，是吧？我本来就觉得他们感情很好，没想到居然会撑到结婚。身为同学实在替他们开心呢，真的。"

"二十五岁开始，大家就会一口气解决人生大事。像我几乎都已经放弃了。也没有男朋友。"苗场颇严肃地叹息说。

"我可还没有放弃。"

樋口低声喃喃，苗场的身体微妙地一颤，除非坐在旁边，否则不会发现。啊，她是喜欢樋口吗？热闹的店里，只有他们的座位此时瞬间安静下来，虽然事不关己，绫香却心脏怦怦乱跳。气氛很快又恢复原状，樋口和苗场再次喝起啤酒，聊着同学们的各种八卦。

虽然不清楚是怎么回事，不过希望他们能顺顺利利。

好久没能像这样发自心底支持别人的恋爱了。光是看着初中老友们喝酒的模样，就禁不住感慨时间过得真快，绫香忍不住要为这两个人加油。

三人追加了用京都土鸡制作的炸鸡、牛筋、魔芋、加了九条葱的煎蛋，最后点了清爽的蒸饭和萝卜糕，肚子已经完全塞满了，没办法再点甜点。最后点萝卜糕似乎是贪心之举，离开店里的时候，三个人的肚子都撑得很难受，决定散步回家。

虽然还不到十点，但祇园祭的游客比进入餐厅时少了许多，绫香苦笑，心想京都的夜晚就连在祇园祭的当天也结束得很早。一般日子，几乎所有店家都在九点打烊，即使是最繁荣的四条，九点多的时候也已经人影稀疏。当然，其他地方就更早了。京都市民的主要代步工具公交车，末班车也很早，因此即使去闹市区喝酒，大部分也都会以公交车末班车的时间为准，解散回家。三人带着微微的醉意，走在河原町通。路上的亲子减少，取而代之多了呼朋引伴像小混混的年轻人。

路旁停着惹人注目的改装车，这些车打开车门或后车厢盖，向人炫耀 LED 灯的迷幻照明及震耳欲聋的嘻哈音乐打造出来的诡异车内空间。每到祭典，平常不知道躲在哪里的这类年轻人就会跑出来招摇过市。万一被纠缠就太可怕了，三人快步经过，穿过四条河原町，经过四条大桥，走下对面祇园那一侧的河岸，而非坐满了情侣的河原町那一侧。

"大概三年前的祇园祭那天，我在鸭川被人搭讪了。"绫香说。

"咦？祭典的日子真的会遇到这种事呢。"

"可是那时候我跟我妈在一起。这里不是很阴暗吗？所以搭讪的人明明连脸都没看清楚，只因为看到两个女人就上前攀谈。我妈突然被人拍肩膀，吓得尖叫，那些男人也被吓到，说着'对不起'，拔腿就溜。是大学生年纪的男生。"

绫香的话逗得两人哈哈大笑。直接在堤防坐下来一看，对岸"鸭川纳凉露台"连成一片的店前灯笼在黑夜里朦胧浮现。伸出河面的户外纳凉露台上有热闹的交谈声，河岸道路上有行走的人影，岸边还有两相依偎注视着鸭川的沉默情侣。隔着融入夜色的漆黑河川，看着对岸的人间百态，感觉如梦似幻，即使说此时此刻是早有鸭川纳凉习惯的江户时代也不足为奇。这是在漫长到无法想象的岁月里，每到夏季便必定上演的景象。尽管如此，今年的夏季、今年的祇园祭，依然是独一无二的。

"鸭川好宽阔哦。挺有感染力的。"

听到苗场的话，其余两人望向横亘在眼前的河川。

"白天和晚上，氛围完全不一样。"

"是啊，有点儿可怕呢。"

鸭川被为数不多的电灯照亮，流水黑色的起伏在表面盘旋。夜晚的鸭川看起来水量比白天更多、深不见底，感觉可以轻易吞没在祭典中乐昏头的醉鬼，绫香祈祷不会有哪个傻蛋跳进去游泳。鸭川虽然美，但夜晚还是很可怕。长年生活在它的近处，有时会忽然深切地感受到它在过去曾是战场、是弃尸处、是处刑场的历史，不禁为之胆寒。无论祭典之夜再怎么热闹，这座古都仍会在城市一隅制造出浓缩了古老历史而成的黑暗，伺机将现代人拖往另一个世界。

"呼，全身的热汗总算消退了。"

所以鸭川最适合醒酒了。樋口呈大字形仰躺，苗场仰望天空。绫香吹着河边沁凉的风，舒适地感觉着撑胀的胃开始消化。

"之前晚上我在鸭川慢跑，看到了萤火虫呢。一只、两只，轻飘飘地发光飞舞，在河面上空不停闪烁。那光芒说有多梦幻就有多梦幻，让人忍不住想要追上去。"苗场陶醉地说。

"咦，好棒哦。现在还看得到吗？"

"萤火虫出现的季节很短，或许已经结束了。不过说是在鸭川，也是更上游的地方，这里太亮了，就算有也看不到吧。"

"哲学之路那里也有。几年前我去看过，但因为太黑了，走到一半我就怕了。"

"你跟谁去的？"

"男性朋友，不行吗？"

"少骗人了，萤火虫那么浪漫，跟男人一起去看有什么意思？"

"是真的，我借的阿谷的车……"

绫香听着樋口对苗场辩解，闭上眼睛想象在鸭川飞舞的萤火虫那虚幻的光芒——同时拼命拂去脑中浮现的、同样叫"萤"的父亲那带着稀疏胡须的淡淡笑容。

***

与其说未来有想去的学校，不如说因为想住在京都，才特地远从广岛前来，选择了京都市内的研究所。第一堂课的自我介绍时，她说："难得来到京都，我想逛遍各个景点。"和凛结为好友后，两人去了京都许多地方。京都府立植物园的玫瑰园，凛最后也是和未来一起去的。高大的玫瑰傲然美艳，每个品种都极为华丽，彼此争奇斗艳，粉红、鲜红、纯白，也有双色玫瑰。盯着层层叠叠的花瓣深处，感觉就好像要被吸进去一样；花瓣边缘自然地呈现波浪状，微微卷起，也是玫瑰异于其他花朵的独特纤细之处。两人尽情地仔细嗅闻每一种玫瑰的香气。玫瑰花朵深处，幽幽地散发出比任何香水都要清冽新鲜的气味。

比起土生土长的京都人凛，未来更熟知各种典雅的寺院神社、传统活动、美味的传统甜品店，很多地方甚至是在未来的带领下，凛才第一次去的。

暑假时两个人去了贵船。从街道焦灼的闷热中解脱，鞍马山凉风轻拂的贵船神社令未来感动不已。

"京都真的每一个地方都好棒。"

听到有人称赞自己的家乡，实在令人开心。虽然不会故意说给热爱京都的未来听，凛的脑中还是闪过一些京都称不上美好的面貌，像是经过一条街便骤变的城市氛围或是难以言喻的闭塞感，而这一定是与京都独有的复杂历史相关。凛长年居住在京都这片土地，绝对不讨厌它，而是深爱着这里；然而朦胧难解的感觉却像残渣般日渐累积，有时令她忍不住想要挣脱。这种时候，接触到未来眼中看到的"美好的京都"，总是能令她松一口气。

"我打算去关东找工作。"凛喃喃说道。

两人正站在贵船神社本宫到奥宫途中的思川桥上，凭靠栏杆俯视着河水。"朝思暮想，溪谷流萤，亦似我牵萦情魂"——据说和泉式部^①曾在岸边吟咏恋爱愁绪的这条

---

① 平安时代中期的女歌人。

河，是一条水势颇湍急的清流，光是凑近，便能感受到冷气，一路上爬坡所流的汗水都散去了。

"你要离开京都？太可惜了。不过，原来你已经在想就业的事了。"

"未来，你不回广岛吗？"

"如果可以，我想待在京都，如果我想进的几家公司里，有谁愿意录取我，我就会乖乖进去。虽然还很模糊，完全没决定方向啦。凛，你想去关东？"

"嗯。其实就算不是关东，只要能离开京都，哪里都可以……这样说，人家可能会以为我讨厌京都，可是完全不是这么回事。正是因为喜欢，所以才会想要暂时离开吧，我想离开这块盆地，从外面看看京都，重新发现京都的好。"

"凛，你从出生就一直住在京都吗？"

"是啊，也从来没有搬过家。这件事有时候让我觉得很恐怖。一想到世界明明如此辽阔，我却什么都不知道，在这个小小的、受到保护的地方过完一辈子，就觉得快要窒息了。我家人也一样，两个姐姐一直都住在家里，大家和乐融融地过日子，虽然是挺快乐的，但如果说从来没有独居过，就这样跟京都人结婚，永远在这个地方生活，这样真的好吗？"

"的确，有些事情要跟家人分开才会明白。我在家里从来不做家务，刚搬出来的时候，连洗衣机都不会用，惨得要命。我觉得不错啊。既然有坚定的想法，即使到新的地方，也总有办法适应的。"

"嗯。我已经下定决心了，但还没办法跟爸妈说。总觉得会受到反对。我爸妈好像完全没考虑过孩子除了结婚以外离开家的情形。"

"三个孩子都是女儿，或许就会这样吧。像我家，我上面有两个哥哥，都在找到工作的时候搬出去了，爸妈觉得我也应该这样。三个孩子都是女儿，家里一定很热闹吧。"

"不，我们家三个女孩都很活泼，也很有个性，与其说热闹，不如说吵闹。对了，你八月十六日有空吗？要不要来我家看大文字烧？我家二楼的晒衣场可以看得很清楚。"

被称为"大文字烧"的五山送火，是在盂兰盆节^①的

---

① 本是佛教活动，传至日本后，演变为七月或八月的十三至十五日举办供养祖灵的法会活动。

尾声时，为了缅怀祖先之灵并纪念虽然依旧闷热，但已逐渐离去的夏季而举办的传统活动。送火的图案共有五种：大文字、左大文字、妙法、船形和鸟居[①]形，从凛的家看去，左大文字就在附近。

"咦？可以吗？我想去，太开心了！我第一次看大文字烧。那今年我提早返乡，暑假留在京都，一定要看到。"

"欢迎欢迎。我们家原则上是全家吃完晚饭后，一起上二楼看大文字烧。你差不多六点来，一起吃晚饭吧。"

"那是你们的家庭活动，我去打扰没关系吗？"

"哪里会打扰呢？大家都会很欢迎的。大文字烧我们也差不多看腻了，有新成员一起看比较有意思。"

"那我就不客气了。谢谢你邀我。"

两人参拜了贵船神社的奥宫后，回程去咖啡厅吃了抹茶冰。桌上有供顾客留言的日记本，两人依序翻看内容，看见有个女生写道："我在思川河畔和男朋友做爱。因为穿着浴衣，很难脱，不过总算成功了。"两人吓坏了，心想世上居然有这么夸张的人！

---

① 立于神社参道入口的牌坊，显示神域境界。

暑假期间，大学校园人迹骤减，凛汗涔涔地走在看起来比平常更宽广的校园里。大学的中心地区，草坪比树木占了更多面积，蝉声自周围传来。虽然不可能听见，但学校背面被浓浓绿意覆盖的衣笠山，鸣叫不休的盛大蝉鸣似乎也正朝这里倾洒而下。

　　刚出门的时候，凛活力十足，看到今天是个令人舒爽的大晴天，便决定走路去学校，而不是骑自行车；然而走在住宅街的路上，她开始被毒辣的太阳烤得浑身衰弱。因为距离不远，所以小看了这段路。就连眨眼都感觉眼珠子快被烤焦了，抵达学校后，在前往研究大楼之前，凛先到餐厅所在的大楼避难，在商店买了苏打冰。她站在没有开灯的阴暗走廊上，直接拆开棒冰袋子。

　　清凉的棒冰冷得直冒白烟，刚咬上一口，里头清脆的冰便一口气滋润了干渴的口腔。美味几乎可以打一百分，但对完全干掉的喉咙来说，就连苏打味都嫌太甜，吃完冰后，她到饮水机前尽情补充水分。每次使用饮水机，凛就会想起高中的时候，饮水机在炎热的七月出故障的事。每个人的表情都好绝望。尤其是运动社团的人，放学后常忘了故障，汗水淋漓地走近饮水机，毫无意义地戳按钮或是徒然张开嘴巴，凑在应该喷出水来的位置上。这个瞬间彻底显现出被认为理所当然的东西忽然不见时，会多么令人困扰。

实验室里只有一位研究生，正看着桌上的显微镜写笔记。其实共有十来位研究生几乎每天都来，但因为放暑假，很少刚好碰到。

"咦？张，你已经从北京回来啦？"

"我没有回去。暑假机票很贵，今年冬天再回去。"

"那你会一直待在日本了？"

"嗯。已经热到快融化了。我怕到不敢出去，不晓得外面有多热。"

戴眼镜的研究生是中国留学生，经常夸张地描述京都的夏天比北京更可怕，逗笑大家。

研究室总是维持天堂般的凉爽，不过这不是为了人类，而是为了细菌。实验室成员培养的细菌都放在恒温设备里，保持生长环境稳定；为了让机器稳定运行，室内总是维持相同的温度。

装滴管的时候，是一天里最让人感觉平静的时刻。装滴管就是将每天实验使用的滴管的滴头装进收纳盒里，以便进行杀菌工作。一盒可以装上一百支，专心地装满好几盒滴管的差事，乍看之下很像修行，但因为是机械性的工作，很能放松心灵。当研究遇上瓶颈时，只要装个滴管，也可以装出在做事的样子。

若说"与某个味道相关的蛋白质的结构分析"，听起来似乎很深奥，但实际上每天做的事都很单纯，是一步一个脚印的手工业。制造能产生特定蛋白质的大肠杆菌，大量培养，再利用离心力使其沉淀，加以萃取。

蛋白质很容易因为温度上升而损坏，因此必须维持一定的温度，不能搞错样本，也不能让它们因环境变化而减少。途中只要一个环节失误，就得回到原点重来，因此必须随时绷紧神经。由于担心只要疏于照料一天，蛋白质就可能死掉，因此不管是刮风下雨还是放暑假，每天都得到学校来报到。当然也不可能去旅行，今年夏天，感觉只会留下担任蛋白质宝宝保姆的回忆。

结束该做的作业时，教授走进房间，叫凛去教授室。

"之前提到的毕业出路，我向对方推荐你，得到的反应不错。"

被叫去教授室时，凛就猜到八成是要谈这件事，但实际听到了，而且还说颇有希望，她顿时全身充满了喜悦，连手指头都颤抖起来了。今年的毕业出路咨询，凛拜托教授推荐她进入食品厂做研究，她以前就向教授表明，如果可以，她想到东京都内的食品厂任职。

"如果能得到教授正式推荐，我真的很开心，若是能得到公司内定，我一定会去。"

"我告诉对方，你是个很有热情、研究也很认真的学生。不过事情还没成定局，先别说出去。"

"好的，我会注意。"

这个时期，每个人都对毕业出路很敏感。现在几乎没有教授私下帮学生介绍这种事了，因此不好大肆宣扬。

"嗯，其实我是希望你继续攻读博士的。"

"是的，很抱歉。"

"不过既然是你认真思考之后决定的出路，我会支持。"

"谢谢教授。"

教授和凛一起离开教授室，张的工作似乎也正好告一段落。

"要不要一起去吃晚饭？"教授看表确定时间后问了

两人。

"不错哦，吃烤肉之类的。"张应道。

"嗯，我也挺想吃烤肉的。奥泽同学要不要一起去？"

"啊，不好意思，今天我已经跟家里说要回家吃饭了。"

其实凛还没有跟家人联络说晚饭的事，不过她想在安静的地方，一个人细细琢磨教授刚才的话，所以找了个借口推辞。

凛离开学校，怀着双脚飞离地面一公分的飘飘然心境，走过变得凉爽许多的夜晚道路。

梦想或许就要实现了。

她还不打算告诉父母。想等到情况更确定一些，再仔细地说明。坦白说，她隐约觉得这不是可以轻松提出的话题。需要冲破屏障的决心。

未来依照约定，在八月十六日傍晚来到奥泽家。

"欢迎光临！"

未来在母亲的迎接下进入客厅，客厅里除了凛，还有父亲和姐姐绫香，未来一开始有些紧张，但很快就习惯了。

得知有客人要来，母亲暂时收回专业主妇退休宣言，从白天开始就在厨房埋首准备晚餐。

"羽依说她下班后要去啤酒花园，今天很晚才会回来。"正在看手机的凛拉开嗓门说。

"真是的，那孩子又这样临时才说。上次扫墓也没参加，真是拿她没办法。未来，我煮了很多，你尽量吃。"

比起未来，奥泽家的成员更为久违的"妈妈手艺"而欢喜。生豆皮、煎柳叶鱼、加了西红柿和秋葵的夏季蔬果关东煮、奶油虾可乐饼。怀念的"妈妈的味道"，众人不禁大快朵颐。

"其实今天我也做了几道菜。"

轮到今天煮饭的凛折回厨房，把料理放在托盘上端出来。"我做的是'便宜牛肉做成的特级牛排'和'彻底吐沙酒蒸蛤蜊'。"

"喂，怎么拿便宜的肉招待客人？没礼貌。"

凛威风地将牛排和酒蒸蛤蜊端到餐桌上，惹来母亲蹙眉。

"也没那么便宜啦，是运用科学的力量把普通的牛肉弄得非常柔软。请尝尝看。"餐桌旁的众人皆狐疑地看着切成一口大小的肉，实际品尝后，都露出意外的表情。

"真好吃。确实很柔软。"绫香评论说。

父亲一边点头，一边又吃了一片肉，塞了一口饭。

"做法是，首先将牛排肉用酸奶腌渍一个晚上，用乳酸菌来软化肉筋。接着把生菠萝片放在牛排上，利用酵素的力量使蛋白质变软。光是这样，就可以让肉质变得这么柔软。科学的力量很惊人，对吧？还有，烤的时候在网上抹柠檬汁，就可以让接触网面的蛋白质瞬间分解，避免焦黏。"

凛站在桌旁，一脸满足地看着众人吃肉的样子。

"这道酒蒸蛤蜊我也运用了科学知识。让蛤蜊吐沙的时候，很多人会在水里放盐，制造类似海水的环境，其实这种做法，会让蛤蜊感觉太舒服，反而不吐沙了。我把蛤蜊泡在四十五度左右的温水里面，如此一来，蛤蜊就会痛苦地拼命吐沙，比起泡盐水，可以在更短的时间内彻底吐沙。"

听到这详细的说明，正准备吃蛤蜊的未来笑了。

"凛的做法，感觉不是做菜，更像是在做实验呢。"

"就是啊，这孩子之前负责煮饭的时候，还特地把意大利面弄卷变成拉面，超费工的。"

凛看到中华拉面的原料里，有让面条卷缩的成分碱水，想到可以利用成分类似碱水的小苏打来制作拉面。她把纯面粉制作的意大利面放入加了一大勺小苏打和盐的热水里煮，使面卷缩，变成中华拉面。

家人起先惊呼连连，最后异口同声地说："一开始直接买拉面不就好了吗？"

八点过后，左大文字的点火时间近了，大家各自拿着一片西瓜上二楼去。奥泽家的传统是在阴暗的晒衣场，边啃西瓜边欣赏大文字的点火过程。母亲进入预先开启空调降温的二楼和室，毫不犹豫地打开通往晒衣场的玻璃门，无法想象的夜晚的闷热空气顿时侵入房间里来。凛和未来走出晒衣场，绫香站在晒衣场和房间的交界处，父亲拖来坐垫，铺在榻榻米上盘腿而坐，母亲则忙着点蚊香，端来放西瓜的盘子。

"啊，有一个亮了！"未来开心地叫道。

大文字的送火不是一口气点燃整个图案，而是木柴火堆一个个增加，排成一个"大"字。如果在近处观赏，熊熊燃烧的火焰必定威力十足，但远远看去，这样的过程实在有些单调无趣。如果未来对大文字烧抱持的想象，是像点燃烟花那样瞬间烧起火焰，山坡上一下子冒出一个"大"字，那么现在眼见这火焰一个个缓慢增加的过程，一定会很失望——凛忐忑不安地看着未来的侧脸想。大文字烧并不是祭典，而是盂兰盆节的仪式。由于游客增加，观赏的人多了，但并没有祇园祭那样的娱乐性。当地人也把它当成夏季风情之一，看是会看，不过也只是默默盯着火焰燃烧的过程，说着："点火的人会不会搞错，把'大'字排成'犬'字？"然后看个十分钟就回家洗澡。

点点增加的火焰从点连成线，山的前方完成了一个巨大的"大"字。衬着漆黑的夜空，可以看见火焰冒出大量浓烟。

"我看到有人在动！"

未来从晒衣场栏杆探出身体，紧盯着大文字看。看到她意外地乐在其中，凛松了一口气。

"要靠近一点儿吗？我也没去过太近的地方，也想去看看。"

"走吧走吧！"

吃完西瓜的凛和未来离开家门，往大文字的方向走去。

北大路通的转角处人满为患。在此处可以毫无阻碍地近距离看到大文字，每年都是热门景点。这里完全不负人气景点的名声，真的可以看得一清二楚，火焰的大文字仿佛就在眼前。

"这里好厉害。"未来用手机拍摄大文字。

"再靠近一点儿吧。"

两人脱离人群，走向通往山地的住宅区。途中另有个人潮不多的观赏点，走到人们旁边仰望，可以清楚地看见大文字。住在附近的居民，可能每年都费心研究能够看得更清楚的地点。

两人爬坡来到靠近山脚处，因为太近了，反而看不到大文字，倒是闻到了焦臭的气味。

"有烟的味道。"

"有吗？我闻不出来。"

未来抽动鼻子吸气，纳闷地说。

"没办法再靠近了吗……"

里面是类似学校或宿舍的建筑物，因为是在夜间，看不清楚全景，不过到处都有带小孩的大人，每个人都爬着平缓的坡道，走向建筑物深处。两人站在建筑物正面的栅门外，正在擦汗，这时有个带小孩的人从门里走出来。

"怎么了吗？"

"哦，我们想靠近一点儿看大文字，走着走着，就走到这里来了。"

"要进来吗？"

两人点点头，男子帮她们开了门。进入里面一看，孩子们正为祭典般的氛围欢欣不已。两人跟着领头的孩子走去，爬到坡上视野开阔处，目睹了从未见过的巨大大文字。两人继续往前走，碰到登上大文字山的专用山路。山路前竖起一块立牌阻挡，写着"非相关人士禁止进入"，深处一片漆黑，传来许多男人低吟般的声音。"是念经的声音。"

异常清晰的诵经声从山上传来。是许多僧侣正对着大文字烧的火焰诵经吗？距离应该挺远的，怎么连这样的山脚下都能听见？凛感到疑惑。漆黑之中沉静的诵经声，威力足以让爬坡过程中冒出来的热汗一口气消退。

"好厉害，感觉好吓人哦。"

"盛大的点火仪式，看起来是很华丽，不过大文字烧的目的，其实是要供养盂兰盆节回阳世来的祖先灵魂，送他们回另一个世界嘛。搞不好现在这附近到处都是正要回去的灵魂呢。"

"讨厌，不要讲了，凛！"

两人尖叫连连，奇妙的是，却不觉得毛骨悚然。也许是因为要回去的不过是祖先的灵魂。两人从进来的门离开，沿原路走回奥泽家。

当晚，时隔许久，凛又做了儿时反复梦见的噩梦。梦境一成不变：一个神秘的妖怪从附近的山上下来，追逐着年幼的凛，这个梦每次都令她感觉到全新的恐惧。那座山从家出发徒步约三十分钟距离，凛自幼就被父母和老师告诫绝对不可以去。凛住的地区治安还算不错，然而除了山以外，还有许多地方也被父母禁止踏足，那个地方不能去、那条河边不能玩，小的时候几乎都快找不到可以跟大家一起玩的地方。虽然她不曾打破禁忌踏足山中，不过曾经和朋友一起偷看山的入口，仰望那极为陡峭，感觉从上面丢下苹果会飞快滚落下来的山路，看着便直冒冷汗。上高中以后，有一次她决定在白天上山，得知坡道尽头只有一座视野开阔的瞭望台，从此对山的恐惧便消失了——

应该是消失了，然而梦里的妖怪，现在依旧会从那座山的深处猛冲下来，侵入凛居住的城镇。

妖怪没有下半身，用手臂代替脚奔驰，从山的深处以惊人的速度直驱而来。肩膀上直接连着一张大脸，轮廓四四方方，表情总是无比愤怒，双目暴睁、龇牙咧嘴，感觉人会被它狠狠咬烂。妖怪穿过山脚的小村子，冲过林道，目不斜视地朝凛家直奔而来。凛明明知道那家伙就要来了，却杵在无人的家门前，一动也不能动。一直到目击妖怪远远地从柏油路另一头沙沙沙地跑来，凛的身体总算动起来开始逃跑，却一眨眼就被追上，整个人被模样狰狞的妖怪给扑倒了。

我完蛋了！如此心想的瞬间，凛惊醒过来，心脏怦怦跳个不停，但因为太久没做这个梦，竟觉得怀念起来。记得小学的时候，她每天都被这个噩梦惊醒，还哭着央求父母说要搬家。意外的是绫香也赞成，说"我无法适应这片土地的复杂"。但父母都是土生土长的当地人，从小学就是同学，彼此认识，最后还结了婚，他们只是温柔地劝解："世上再也找不到这么棒的地方了。等你们住久了，就会深深了解这里的好了。"

之所以时隔这么久又做了这个梦，或许是大文字烧的余韵使然。凛下了床，打开房间窗户。现在还是半夜，外头一片漆黑。她忽然感觉应该早已消散的木柴烧焦味掠过了鼻腔。

窗外是山上吹来的清澈空气，还有泪水的气息。并不是因为此刻附近有人在哭，而是在谷底历经漫长的岁月仍未风化而隐约残留的泪水气息扩散到整个房间，鲜明得仿佛有人正在哭泣一般。

＊＊＊

京都的传统技艺"坏心眼"，经过前人锲而不舍的努力以及年轻后继者日夜不懈的练习，成效卓著，绵延不绝地传承到现代。一脸淡漠地抿嘴暗笑，几个人一起频频扫视目标人物，窃窃私语，暗示恶意之后，在好似不会被听到却又绝对不会被漏听的距离，对着目标人物背部发出简洁但毒辣的嘲讽，这种"故意让人听到的坏心眼"技术一旦熟练，便能恶狠狠地刺伤目标对象，近乎一门艺术。

将平时听起来温婉贤淑的京都腔，操弄得宛如从地狱深井爬出来的毒蛇，使其缠绕对方，勒至窒息的咒术，亦是此类人的拿手好戏。虽然有人认为这是女人家特有的传统，但其实也有许多男人精通此道。挖苦的内容，有时只是普通的贬损，有时是明明内心不当一回事，却夸张地装出胆怯的模样，惊呼："这人实在太可怕了！"不过可别误会了，这种传统技艺的能手，在团体当中也只占极少数，以学校班级来说，一个班只有一两人，毕竟几乎所有的京都市民都生性安闲。

羽依不管身在任何团体，都会被这种人盯上。"少嚣张了，看了就不爽""白痴啊""看了就有气""不要靠近我，花痴会传染"，诸如此类的种种唾骂喷向她的背影，但羽依没有缩起身子，而是挺胸向前，继续和喜欢的男人交往。也因此，现在她学到了挺身面对暗中毁谤的勇气。她会全身热血沸腾，下定决心告诉自己："我绝对不任人说三道四！"但后来，她也发现，真正坚强的人其实不会挺身对抗恶意，反而能云淡风轻地笑看一切。

这几天，羽依一直承受着这样的恶意。长年来的经验，让她学到了如何击退这类暗地的攻击，但对于公司的前辈，实在不晓得能不能如法炮制，因此她犹豫不决。要是学生时代，她早就毫不留情地回敬一番，但在公司如果轻举妄动，有可能会被逼到辞职。这天深夜，她忽然清醒，再也睡不着觉，到厨房喝了杯水，思考自己现在的处境。

她原本就预料到迟早会被女员工盯上，遭受"洗礼"，尽管她一直小心翼翼，装成乖宝宝，却没想到这一天来得意外的早。虽然现在她跟前原连交谈都没有了，但她曾经亲近过女员工心目中宛若白马王子的前原，应该也是被当成中伤目标的原因之一。

刚进公司的时候，她立刻察觉有两名传统技艺的优秀继承者，便一直提防这两位四十多岁未婚及五十多岁已婚的大姐头前辈。她一直小心翼翼不惹人厌，但某日，一点儿小事还是引发了战火。

一天，其他女员工夸张地为未婚的前辈庆祝生日。羽依觉得都这把年纪了，生日还有什么好庆祝的，但依然面露笑容，还拍手加入庆祝的行列，殊不知这样做并不够。根据部门的惯例，两个大姐头过生日时其他人都要准备礼物。当时羽依完全没有察觉，但现在回想，已婚的那个前辈就像故意说给她听似的，说"我送了珠宝盒给她"，羽依却完全没察觉那是在兜着圈子索求礼物，只心想她俩感情真好。

其他女员工没有人教，却也从气氛里察觉到该做什么，除了羽依，每个人都送了礼物。她们是因为打从心里害怕两名大姐头，所以察言观色的能力特别强吧。

大概在生日那个月之后，前辈女员工针对羽依的窃窃私语增加了，伴手礼不分给她的"点心除名行动"也开始了。在休息室，前辈也刻意地避开羽依。其他同期的女生察觉这样的氛围，也开始积极排挤羽依。换上公司制服之前，如果穿新的便服去上班，就会被人用责怪的眼神看待。轮到她打扫时，上级的检查会异样苛刻，甚至被命令重扫。

最近，工作上即使有问题要问，其他人也冷漠地敷衍了事，让她不得要领，犯错连连，甚至为此被骂"无能"。男员工也开始察觉羽依遭到攻击的氛围，好奇心十足地观战。

只不过是没收到生日礼物罢了，都几十岁的人了，居然耍这种贱招。除了厨房流理台的灯，客厅没有任何光源。羽依坐在阴暗的沙发上，咬牙切齿。不过，生日礼物只是导火线。一定是从她刚进公司就感觉不爽的女人们，借机团结在一起而已。

那我也送礼物给根本就不欣赏的女前辈就行了吗？加上一句"谢谢你平日的照顾"，明明心里头压根儿就不想感谢？

这种作态的事，实在太丢人了，我才做不来。

"作态"是接近"假惺惺"之意的京都话，意指为了赢得周围的赞赏，明明某种行为很不自然，却偏要去做。比方说名牌包，拿的时候故意突显商标，以便向人炫耀。在大阪，人们讨厌不识斤两的人，说他们"充场面"；在京都也是一样，"作态"的人会在暗地里遭到嘲笑。

切换成恋爱模式时，如果有必要，羽依能满不在乎地用娇滴滴的嗓音装小女人，令周围的人倒弹三尺；不过要是碰上女人间的战争时，她会强硬得连一步都不肯退让。

明天不想去公司。如果不断地隐忍下去，结局反而会提早到来。一定会演变成某一天怎么样都不愿意去公司，就此辞职。

好，爆发吧。羽依双眼发直，喝光凉水，下定决心。

隔天，羽依下班后正在换便服，那伙人仿佛埋伏已久，也进了置物间，原本只有羽依一个人的房间，一下子多出了六个人。也许是早就准备趁这期盼已久的机会抒发一整天的积怨，每个人的脸色都欣喜得发亮。

一行人瞥向刚好脱得只剩下内衣裤的羽依后，一如往常，从埋怨当天的工作聊起，并开始寻找犯人：到底是谁害得我们这么辛苦？反正犯人永远都是羽依，她们七嘴八舌地说起来，隐约可以听出是在说羽依：今天流程卡在某人那里；某人都进公司多久了，工作却怎么样都做不好。

"真的就只知道打扮、讨好男人，都进来公司多久了，连自己的工作都记不住。""跟同期的其他女员工相比，真是差太多了。其他人不管是工作还是端茶，都很细心周到。像我当新人的时候，不用人家说，就知道睁大眼睛竖起耳朵，留意哪里有哪些需要，自己主动帮忙。什么都不注意，成天发呆，只知道做交代下来的事，还一脸不在乎，我完全无法想象这种人在想些什么，简直是太可怕了。就只知道讨好男人，所以男人好像都被她骗过去了。"

"可是就算是男人，也有看得很清楚的人啊。像前原先生就是，之前跟那个人交往过一下，觉得她很差劲，所以才会上过一次床就把她给甩了。"

一阵笑声扬起。等到了，就是现在。

"你们这是在说我吗？"

羽依一脸凶狠地迅速回头，撞见大姐头们错愕的表情。在京都，人们有种默契，遇到有人坏心眼地在背后批评时，就只能背对着人群，默默承受。可是，谁要默默承受啊？不管什么事，羽依都要当面说清楚。

"我在问，你们这是在说我坏话吗？"

羽依近乎咆哮的怒吼震动了整个置物间。吓坏了的跟班们聚成了一团，但羽依把炮火集中在权力最大的大姐头身上，走了过去。

"怎样？说清楚啊！"

"我、我又没在说谁坏话，对吧？"

大姐头脸上挂着僵硬的笑，和旁边的跟班对望，彼此点点头。

"就是说嘛，我看你们也没下作到这种地步，敢当面说老娘的坏话！"

羽依甚至丢开了敬语，口气粗俗，简直威力慑人，与平常女人味十足的言行完全是天壤之别，大姐头甚至不敢凶回来，只是面露软弱的笑，重复道："对啊、对啊。"

"告诉你们，我根本没跟前原上床，当然也没被他甩了。你们敢在公司里随便散播谣言看看，小心我告你们职权骚扰！你们之前的各种谩骂，我全部都用录音笔录下来了，要是上法院，绝对让你们吃不了兜着走！"

当然，羽依根本没带什么录音笔，说的话也蛮横无理，不过最重要的是让对方明白："老娘就是这么气，气到不晓得会干出什么事来。"羽依全身散发出疯狂的杀气，就像在说"老娘要是抓狂，管他三七二十一，绝对要你们没命"，她满脸涨红，仿佛随时都要动手打人，充血的眼睛狠狠一瞪，那威力令每个人都深深低头，不敢触犯。只敢背地里说人坏话的家伙，每一个都是这副德行。只有在安全无虞的范围里，才敢偷偷向人丢石头。

羽依粗鲁地把皮包搭到肩上，踩着粗暴的脚步作势要离开置物间，但是众人才刚松了一口气，她又折了回来，再次仔仔细细地瞪遍每一个人。

羽依鼻翼翕张，从置物间来到走廊，这时上司叫住了她。

"羽依，今天也辛苦啦。我正要跟业务部那些人去吃晚饭，顺便喝酒，你要不要一道来？"

特别中意羽依的上司做出举杯喝酒的动作，开朗地大声邀约。两人在不同部门，但这名上司以前也曾邀她去祇园的啤酒花园。

"这样不好吧，只有我一个人临时参加，不好意思啦。"

"什么话，少了你，气氛怎么会热闹？今天晚上要去先斗町的炸串店。你喜欢炸串对吧？"

"我最爱炸串了！那么，我也去好了。"

羽依故意大声回答，让置物间里的人也能听到，然后趾高气扬地离开公司。

一直到高喊干杯，一口气喝光啤酒都很爽快，但酒精生效之后，就算是在鸭川河边，依旧热到不行，背部冒出一层汗。这也难怪，虽然已是九月中旬，但连日都是超过三十度的高温，这暑热与其说是残暑，不如说还是盛夏，暑气丝毫不减。

如果干脆告诉自己京都没有残暑、九月还是盛夏，心理上可能比较能接受。京都的夏季是六月到九月，秋季只有十月，十一月到三月是冬季，四五月是春季。这样去想，比较能听天由命，长命百岁。宜人的季节极为短暂。

狭小细长到像要把人吸进去的先斗町窄巷里，红灯笼一字相连，石板地磨得光滑，即使有大批醉客蜂拥而入，也不失古雅。今天用餐的店铺位于先斗町的中间，室内和伸出鸭川河面的纳凉露台上都有座位，两边都客满了，没有预约应该无法入内。羽依等人的座位在纳凉露台，没有屋顶，给人一种开放感，近旁的鸭川滔滔不绝的流水令人舒畅，还没干杯，一行人的情绪便已亢奋极了。纳凉露台的客人都喝了酒，七嘴八舌，但说话声与流水声融合在一起，就连喧嚣都令人备感惬意。

　　这家店的卖点是炸串搭配红酒，实际叫来一尝，真的非常美味，特别是炸牛肉串和红酒非常搭。小菜是以美丽的刻花玻璃小皿盛装的醋腌品，小黄瓜切成绿枫叶的形状，夏意十足，清凉有余。

　　羽依从洗手间回来，将化妆包收进皮包，这时梅川从远处的座位走来，请羽依喝瓶装啤酒。"来，喝吧。"自从在近江舞子稍微交谈过后，羽依就强烈感觉到梅川经常在看她，不过，看见他趁着羽依周围没人的一瞬间跑来坐下，隐约的怀疑变成了确信。

"梅川先生，你今天真会喝。"

"科长在为你的事操心，他说'羽依被周围的女同事欺负，万一她说要辞职怎么办？'我们部门的人也说'这样不行''那再约她出来喝酒吧！'所以今天下班后也没回家，都在等你从置物间出来呢。"

科长的温情令羽依的胸口渐渐热了起来。有人讨厌她，但也有人喜欢她。要当万人迷是不可能的，明明是天经地义的事，有时却会为此受伤甚至心神憔悴，是因为太自恋的关系吗？

"羽依小姐很受欢迎哦。哎，别太烦恼了。男人就不会想太多。"

梅川的抚慰温柔地沁入心胸，同时羽依也恍然大悟：难怪女同事会这么生气。她并非默默承受一切的纤弱女子，刚才明明额冒青筋地泼妇骂街，现在却装出一副楚楚可怜的模样，让男人安慰。那些对她使坏的女人里面，或许有人是真心喜欢前原。她们一定会想：凭什么就只有她受到男人宠爱？

哈哈哈，爽呆了。

虽然没有出声，但羽依在心底窃笑。

"总之，暂时抛开那些烦人的事，尽情畅饮吧。"

梅川说着，以热烈的眼神凝望过来，羽依感觉有些汗毛直竖，赶忙往他的酒杯斟酒。

隔天是星期六，羽依一直喝到很晚，坐出租车回家时，都快凌晨一点了。在安静漆黑的客厅里，待醉意带来的亢奋退去，今天在公司干出的种种好事重回脑海，令她忍不住沮丧到家。学生时代有效的发飙技巧，在公司里不一定管用。公司有着比校园更复杂的权力关系和阶级关系。因为她早已下定决心，所以执行是没有问题，不过或许做得有点儿太过头了，羽依因羞耻和后悔而呻吟起来。不管再怎么气愤，居然用流氓似的口吻对前辈呛声，根本毫无常识可言。她们一定都觉得羽依疯了。

而且后来自己还跟男同事出去喝酒，简直就像在挑衅那些女员工，这样好吗？或许会火上浇油，遭到全公司女员工的排挤。排挤到无法继续待下去……

"连灯也不开，你坐在这么暗的地方做什么？"

洗完澡用毛巾包着湿发的绫香吃惊地走进客厅。

"醒酒。暗一点儿比较舒服。"

羽依不修边幅地坐在沙发上回道，绫香应了声"是哦"，去厨房倒了杯水过来。

"跟谁去喝酒了？"

"公司的一群男同事。有上司跟同辈，大概十个人，女的只有我一个。"

"好奢侈，换成是我，一定会吓得不敢去。"

绫香发出不知道是佩服还是吃不消的声音说，咕噜噜地喝了水。绫香也只开了厨房的流理台灯，因此客厅还是一样阴暗，水龙头剩余的水滴滴答答地落到流理台上。

"姐，你怎么能一直待在同一个公司？我可能办不到，毕竟处理不好人际关系。"

"怎么会？你不是跟公司的人好到一起去喝酒吗？"

"跟男的是没问题。"

"我是因为图书馆的步调悠闲，才有办法做这么久，如果是你公司那样厉害的大企业，一定没办法。优秀的员工之间应该竞争很大。"

"也不是多厉害的大企业，而且我也只是一般行政岗。"

羽依嘴上自嘲，自尊心却久违地得到了满足。没错，考进那家公司是我的骄傲。我靠着得要领、有人缘，不只是学生时代，出社会以后也抢到了不错的位置，这是我的了不起之处。因为向来处在逆风险阻中，获得肯定就成了鼓励，她全凭一股干劲，投入完全陌生的业务里。

"我是散发出了惹同性讨厌的气息吗？明明想跟女同事处得更好，却老是起纠纷。也没什么女性朋友。"

"我们是三姐妹，感情却很好啊。这跟男女无关，你只要跟喜欢你内在的人亲近就好了。"

"是啊。"

"虽然要努力，不过也别太勉强自己。"

"好。"

我还是不会辞职。毕竟有人支持着我。我才不会认输，下星期开始，继续求生战！

决定之后，心头莫名清爽，羽依在沙发上仰躺下来。

"对了，跟男同事喝酒的时候，我提到了姐姐。"

"提到我？"

"有人问我有没有兄弟姐妹，我说我们家是三姐妹，结果每个人都好兴奋。他们追问详情，我就说'哦，我姐三十一岁，很文静'，结果宫尾先生非常感兴趣。啊，宫尾先生是业务部门的，单身，三十九岁。后来他一直说'务必让我跟你姐姐见个面'，我随便敷衍过去了。"

羽依等着姐姐笑着回应"讨厌啦"，没想到绫香默不吭声。羽依撑起上身，隔着沙发背仔细看绫香怎么了，结果看见绫香头包裹着毛巾站在原地，注视着羽依。她穿着毛巾料粉红条纹无袖洋装，刚沐浴后的浑圆肩头散发出光泽。

关于姐姐的年纪、单身状态，不该向公司的人透露这么多细节吗？羽依急忙寻思该如何辩解，结果绫香开口了：

"好。"

"什么？"

"我可以跟那位宫尾先生见个面。"

"这样吗？"

绫香再倒了一杯水，这次一口气喝光了。

***

绫香只要专注起来，表情就会愈来愈像米菲兔。她有一张白皙略方的大福脸，上头是一双浑圆而认真的眼睛，配上抿得小小的嘴唇，和嘴部打叉的米菲兔看起来是一个模样。米菲兔正对着穿衣镜交叠和服衣领，却忽然嫌恶起所有的一切，解开腰带绳，一口气褪下和服。

摊开在榻榻米上的碎花和服，这已经是第四件了，每一件都在衣柜深处尘封许久，散发出樟脑的味道。由于开了空调，小房间里应该很凉爽，但绫香穿着白色和服衬衣的背部却被汗水濡湿了一片。怔立在原地的绫香鼻翼张合，俯视着脚边的绸缎大海，但是不一会儿便将半开的衣柜最底层整个打开，又逐一挑选起用叠纸①包起的和服。距离约好的中午，只剩下两小时。由于无法决定和服的搭配，时间已经极为紧迫，无法想象她从一大早就开始准备了。

其实她想一个人私下处理和宫尾见面的事，但毕竟介绍人是羽依，绫香答应见面的隔天早上，羽依便在全家齐聚的餐桌上报告说："姐姐很感兴趣哦。"对什么感兴趣？父母问道。羽依向他们说明后，明明还不晓得结果会如何，家人却一下子兴致勃勃起来，陷入操之过急的祝福氛

---

① 专门用来包裹衣物的厚和纸。

围 —— 太好了，小绫，你好久没有男朋友了，从年龄来看，有可能结婚哦！

绫香嗔怪说又还没见面，不要在那里瞎起哄，但家人出乎意料的热烈反应，令她悄悄地受了伤。因为从他们乍然亮起的表情，可以一清二楚地看出大家虽然没有提起，但其实都在为她担心。

特别是母亲欢天喜地，硬是抓住跟人有约急着出门的羽依，详细追问宫尾是个怎样的人。绫香装作目瞪口呆而漠不关心的模样，却一字不漏地聆听两人的对话。

宫尾俊树，三十九岁，单身。这些信息昨晚就听说了，她私下在意的是否离过婚，答案是没有，身高将近一米八，在公司也是相当活跃的人才。

"感觉挺受欢迎的呢。这样的人怎么会将近四十了还单身？"

母亲问了绫香好奇的问题。

"嗯，应该是有交往的经验，不过他在公司并没有多受欢迎。宫尾先生不是什么怪人，不过跟他相处，大概就可以理解为什么会单身。见到他应该就懂了。"

"是个怪人吗？"

"也不是怪人，应该是害羞吧，说好听点儿。"

"是因为长相吗？还是很胖？"

"长相比他糟糕的多得是，身材也算是瘦的。"

"不错哦，绫香。当然也要见过面才知道，不过跟羽依同一家公司，为人也很踏实，应该是个很不错的人选。"

我要走了，羽依说着，离开餐椅，而绫香对着音调比平常高亢许多的母亲苦笑歪头。

"啊，姐，我会问一下宫尾先生什么时候有空。"

已经离开饭厅的羽依忽然想起来似的，又从门口探头进来补上这句话，绫香佯装平静，应声说好，却感觉脸庞无可克制地变得滚烫。

第二天，绫香和羽依商量第一次约会要穿什么，母亲闻风而来，加入讨论。绫香半开玩笑地说："嗯，我穿得最好的就数和服了。"

没想到母亲大表赞同："就穿和服吧！"

和服的基础穿法，是由已经过世的外婆教给绫香的，她长大之后自己去上和服教室，练习和服的穿搭，现在技术已经纯熟到几乎可以在自家开教室了。因为荷包的关系，无法经常买和服，但她经常去逛和服店，收集平价的衬领跟和服绳，成了她的兴趣。

"和服有点儿太盛装打扮了吧。女方这么郑重其事，可能会吓到男方。"

听到羽依的话，绫香正要点头，母亲却说：

"怎么会？第一印象最重要，让宫尾先生第一次就看到最美的绫香，不是比较好吗？"

绫香闻言，心意又动摇了。

"穿和服赴约，简直像相亲不是吗？人家只是想先轻松地见个面再说。"

"妈觉得只要一开始声明穿和服是爱好，也不会太不自然。再说，是三十九岁的男人跟三十一岁的女人见面，再怎么轻松，还是需要礼仪吧？"

绫香默默地肯定母亲的话。就像羽依说的，穿和服或许确实有些郑重过头了，不过绫香也不希望对方的态度太轻率。试着交往一下，若合不来就分手，她不想再经历这样的恋爱了。她想要的是结婚。如果能够见个几次面，看下对方的各项条件，下一个阶段就可以决定要不要结婚，那该多么令人安心。换句话说，绫香想要的是相亲结婚。

她害怕再次被没有结果的恋爱所伤害，最重要的是，时间宝贵，母亲或许也和绫香有一样的心情，两人的话投机得可怕。

羽依不知不觉间从三人讨论的客厅消失了。母女俩来到有榻榻米的小房间，打开橱柜挑选和服。奥泽家代代搜集的和服种类形形色色，来历各不相同，背负着母女三代的历史，因此收纳它们的橱柜，散发出来的气息有些潮湿。外婆嫁进来的时候，曾外祖父给她的嫁妆和服；邻家是纺织行时，捧场买下的腰带；曾外祖母葬礼时，半强迫地被分到的遗物和服……像凛就说"有点儿可怕"，从小便不肯靠近和服橱柜所在的和室。

过去的和服设计多半大胆，绫香近年买的碎花和服，樱花花瓣等图案十分巧致，色泽也多是淡粉红或灰色，十分素雅。

"穿这件黄色的丝绸和服怎么样？配上刺绣的衬领。你上次去二条城的时候穿这件，非常适合。"

"真的吗？那个时候是搭的这条腰带。"

绫香取出绿色的若松带，母亲不甚同意地直盯着看，说：

"有点儿太素了吧？腰带的色调也比较暗，不适合。

西阵的唐织腰带，那条收哪儿去了？最上面一层吗？"

母亲站起来，打开最上层的橱柜抽屉。

"唐织腰带太华丽了吧？二十几岁也就罢了，现在的我打那种腰带，感觉格格不入。"

"你在说什么？一定很适合的。像你这种年纪，不能穿太素的和服。花到俗丽的原色和服当然最好避免，不过既然要穿，还是穿明亮的、有女人味的、风韵秀雅的和服比较好，不是吗？我是不晓得啦。"

母亲习惯在话尾加上一句"我是不晓得啦"。这是非常有关西风格的、避免武断的口头禅，其他关西人也会用，但母亲特别爱用。绫香也常说京都话的"总觉得"，一样是用来模糊语意的措辞。

"找到了，你看，这样的搭配很棒吧？像这样巧妙地融合新旧，特别有味道。"

在宛如鸡蛋烧般的黄色与乳白色的丝绸和服上，摆上母亲挖掘出来的、小花纷飞略带金色的橘色腰带，便成了极为亮眼的摩登搭配。

"真的，好美。"

"穿上这身和服现身约好的地点，宫尾先生一定会吓一大跳。"

见面的目的又不是要惊吓对方……绫香想着，但想象自己穿上这身和服亮丽登场的模样，内心也忍不住激动起米。

两人原本预定在京都市政厅前的车站检票口碰面，但后来升级到京都大仓饭店大厅，因为那里有冷气和椅子；绫香也叫好出租车到家迎接，免得弄皱和服。

然而到了当天，实际站到穿衣镜前穿起和服，每一样都觉得哪里不太对劲，腰带打到一半又解了开来。和母亲一起决定时觉得是首选的和服搭配，老早被绫香认为"还是太华丽了，绝对不行"，从备选清单中删除了。绫香自己觉得穿去二条城的搭配最好，但一想起母亲说的"腰带太素了""色调不合"，实在提不起劲穿去。

结果她自暴自弃地随手抓起和服与腰带搭配，叉着脚站在穿衣镜前审视。格纹和服不错，适度的休闲风格。但都大费周章穿上和服了，休闲风格能拿来当借口吗？

不行，还是有点儿太沉重了。羽依说的才是对的。绫香鼓不起勇气穿和服赴约。她叹了一口气，松开腰带，心情顿时变得比穿和服时要轻松太多。和服本来就会把人勒得紧紧的，再加上紧张，她之前甚至无法好好呼吸。

"穿这件去就好了。"

搭配完手上几乎所有的和服后，汗涔涔的绫香从衣柜里拿出来的，是深褐色配黑色圆点花纹的洋装。聚酯纤维材料带有透明感，胸口处有小纽扣，腰间有可以绑蝴蝶结的细腰带。走路的时候，及膝的裙子展现出美丽的曲线。这是一件普通的洋装。因为质料高级，因此显得高雅，同时又十分朴素，穿上这件衣服，头发绑成一束，绫香就宛如昭和电影里出现的语文老师。

这是她穿起来最自在的一套衣服。绫香用印有温泉旅馆名的毛巾拭去全身汗水，穿上长度到大腿中部的黑色衬衣，免得内衣透出来，再套上洋装。原本打算要穿和服而没有处理的腿毛令她有些介意，但最近才刚刮过，应该还不到碍眼的地步。

没时间对饰品精挑细选了，绫香灵机一动，戴上装饰在镜台前散发乳白光泽的贝壳长链，衬托着脸颊。

搭上黑色皮挎包，气喘吁吁地离开房间时，在玄关撞上刚好回家的母亲。绫香为了躲开上午去练习日本舞蹈的母亲，本来想提早出门，但因为换装犹豫不决，计划整个打乱了。

"妈，你回来了。"

"我回来了。咦，绫香，你的和服呢？"

母亲问了意料中的问题，绫香一阵尴尬，结结巴巴地说："实际一穿，觉得太招摇了……樟脑味也有些刺鼻……"

"这样啊。那就别穿了。"

母亲用一种大梦初醒的表情点点头。

"妈去上日本舞蹈课回来的路上，也重新考虑了一下。和服可能还是等到以后再穿比较好吧。我是不晓得啦。"

"嗯，我出门了。"

绫香踩着高跟鞋，灵巧地跳过玄关石板地，坐进在门口等待的出租车。

看见对方放在膝上的双手紧紧地握成拳头，绫香庆幸没有穿和服赴约。

以三十九岁的年纪来看，宫尾并未老得令人惊讶，没有赘肉的细长脸颊反而给人年轻的印象，高大的体格和手掌看起来很结实，感觉有运动习惯。然而不知为什么，总感觉哪里怪怪的。服装很普通，衬衫配休闲裤；说话的表情也是，有点儿像在观察绫香，眼珠虽然骨碌碌地转过了头，但双方都是如此，没什么好说的。不仅是个子高，骨架也很大，尤其是肩膀宽阔，手脚也长，身材看起来却不怎么好，是因为脸太大吗？不只是大小，脸或者说头部，有一种奇怪的感觉，为什么呢？

啊，因为他留了个大平头。虽然不到头皮发亮的地步，但宫尾的头发理得极短，就像运动员。对近四十岁的男人而言，是很罕见的发型。

离开饭店，前往宫尾预约的餐厅用午餐的时候，在阳光底下看到他，绫香总算发现了。宫尾的头发只有五毫米长，头皮也和脸一样晒得黝黑。并非秃得光溜溜，平头也是常见的发型，所以说古怪是太夸张了，不过在绫香的人生里，从来没有遇到过任何一个成年人留着高中棒球队队员一样的大平头。

我还挺喜欢男生的头发的。太长的不喜欢，不过完全没有刘海儿，就少了那么点儿风情。对男人来说，头发也是魅力的一部分吧。

在京都市政厅前的公交站和宫尾一起等车时，绫香漫无边际地想着这些无关紧要的事，因为久违的约会令她极度紧张。

抵达餐厅，吃着套餐，宫尾态度爽朗，问了绫香许多问题。兴趣是什么？喜欢运动吗？要一边吃沙拉里的煎土豆、切小羊排，一边回答问题，实在相当困难，口中有食物的时候，绫香会让对方稍等一会儿才回答。

毕竟是识大体的大人之间的对话，彼此一边交谈，一边适时称赞对方；然而另一方面，绫香却也觉得两人就好像散步途中相遇的狗，正在嗅闻彼此的屁股气味，一想到这里，几乎难以克制内心的羞涩。

坐在客厅沙发等待的母亲和羽依，看见绫香回来时那一脸失魂落魄的表情，顿时不安起来。

"绫香，你回来了。你去了好久哦。"

"嗯。我跟宫尾先生也一起吃了晚饭。"

"哦，这样啊。"

宫尾先生怎么样？感觉可以顺利进展吗？母亲和羽依很想追问，但绫香身上散发出不好直接询问的气息。

"有没有什么可以吃的？"

"怎么，你不是吃过晚饭了吗？"

"我是吃得很饱，可是忽然一股劲上来，回程走了一段路，结果又饿了。"

"那我做的炒面，要吃吗？"

羽依做的晚饭，几乎都可以用一个平底锅就搞定。炒面、炒饭、炒菜、麻婆豆腐、荷包蛋、煎得香脆的培根、美乃滋炒鸡块……每一样都是两三下即可完成，几乎没什么厨具要洗。这当然是考虑到方便制作的结果，同时也彻底显现出羽依的想法：煮饭是浪费时间，只想轻松做出还算好吃的料理，赶快大快朵颐。

绫香一边叹气，一边将平底锅里剩下的、像橡皮一样拉长的炒面夹到盘子上，用微波炉热过之后吃了。炒面的味道与那朴素到不行的外观相反，意外好吃。羽依不会挑战新菜色，但总是维持稳定的水平。

"羽依做的炒面，跟路边摊卖的炒面一模一样，好好吃。"

"嗯，我就是学的路边摊。菜和肉只放一点儿，面几乎不加水，放很多油，短时间内快速热炒到香脆。料和面分开炒，最后再混合拌炒。如果加上芥末和美乃滋，会更像路边摊哦。"

"真的吗？会变成什么味道？我来试试看。"

绫香打开冰箱门，取出管装芥末和美乃滋。

"宫尾先生怎么样？"

羽依终于问了。绫香好半响没有回话，但她不是在整理想法，也不是在斟酌字句，而是真的一点儿感想都没有。

"……他人很好，真的很好。以第一次见面来说，也聊得很愉快。"

"这样吗？那太好了。这表示你们挺投缘的吧，我是不晓得啦。"

"投缘啊……"

听到母亲喜滋滋的语气，绫香沉思起来。

"怎么，感觉不投机吗？"

"没有啦……"

不知道，因为我们还是陌生人——绫香把原本想接着说的话吞了回去。

"宫野先生三十九岁，未婚，但感觉不差，对吧？不是因为有什么问题才没结婚，感觉就是对工作太投入，结果就这样一直单身到现在。我们公司还有很多单身的男人，但可以介绍给姐的，就只有宫尾先生一个了。"

羽依说的宫尾的好话，绫香毫无异议，点点头说："真的是这样。"能认识这样的男士，绫香觉得自己一定算是幸运的。

绫香提不起劲洗澡，坐在房间里从初中用到现在的书桌前，回想今天一整天的活动。

两人吃完午饭后，一时无法决定接下来要做什么，本来说要看电影，但一查场次时间，刚好错过，结果两人去了小学校园改建而成的漫画博物馆。这是个颇为罕见的机构，搜集了新旧漫画约三十万册，可以拿到喜欢的地方阅读。宫尾想到绫香是图书馆馆员，觉得她或许会感兴趣，才挑选了这个地方。确实，把小学整个改建为图书馆，开架区书架上搜集了跨越年代和出版社的漫画，这引起了绫香的兴趣。两人各自挑了几本漫画，坐在校舍前的草地上读着。天色一暗，气温陡然降低，于是两人离开草坪操场，走到八坂神社附近，进入宫尾喜欢的居酒屋，这里主要卖关东煮。回想起来，今天一整天从三条到祇园一带，走了相当多的路。从漫画博物馆到居酒屋的路上，绫香的紧张和体力也濒临极限，整个人累坏了，从途中开始就几乎没有说话。宫尾步幅很大，走路也很快，但注意到绫香有些落后，便默默地放慢速度配合她。

居酒屋的店头以红色的灯笼和旧型红色邮筒迎接客人，宫尾不愧是常客，点菜很顺畅，关西高汤的淡口味关东煮和炖鱼等菜色也很美味，比中午的意大利餐厅更能让人放松品尝。

约会本身还算不错。绫香原本担心自己会因为太紧张而出糗，但两人都已经不是十几岁的青少年了，约会少了那种青涩，也因此更为从容。

绫香最在意的是自己对宫尾先生有什么感觉，然而心绪却模糊不清，一旦想要厘清，就会溜得不见踪影，明明是自己的心情，却捉摸不定，令人混乱。硬要说的话，最真实的感想应该是：只见面一次，实在说不出什么。

只要宫尾有意愿，她想继续约会，也愿意考虑结婚。不过，之前本想像传统相亲那样，只见个几次面，不交往就立刻讨论结婚。实际见面之后，这股在心头沸腾的想法，已经消失无踪了。

"唉，跟恋爱小说差好多啊。"

要跟一个毫无瓜葛的人住在同一个屋檐下，生小孩，共度一生吗？不，毫无疑问这是因家人介绍而开始的交往，或许不能说是毫无瓜葛。再说，大学的时候，绫香还曾经对在校园走廊擦身而过的男生一见钟情，厚脸皮地通过朋友的朋友的朋友介绍，设法与其见面（虽然成功地跟对方有过几次团体出游，但终究还是没有私下单独见面），所以说宫尾先生是陌生人，这样太自私了。这是他对我有兴趣，我也对他有兴趣，再加上羽依的协助，才总算能实现的邂逅。

"姐，我洗好了。"

凛打开房门说。睡觉的时候，全家人里面只有凛会穿上成套睡衣，她今天穿了白底蓝格纹的睡衣。

"嗯，我马上去洗。"

绫香坐在椅子上，提高声调，明朗地回应，她可以感受到凛在担心。凛和母亲、羽依不一样，似乎不是好奇她与宫尾交往的情况，而是担忧绫香的心情，所以绫香想向她抒发一下。

"我今天累坏了，好久没约会了。而且走了很多路。"

"嗯，辛苦了。"

凛用毛巾擦着湿发，在绫香的床角坐下。凛留着一头勉强盖住耳朵的短发，没有吹干头发的习惯，总是放任其自然干燥。

"本来以为第一次见面会紧张，但彼此都是大人了，聊得很顺畅。约会也选在最中规中矩的地方，去吃了好吃的东西。虽然挺尽兴的，可是因为彼此都太善于交际了，最后还看不太出来到底合不合适，约会就结束了。现在也是，比起为对方心动，现在内心只觉得总算顺利结束一整天的任务，松了一口气。这个样子，两人之间真的有办法发展什么特别的关系吗？"

凛表情困窘地聆听绫香的话，发现对方想知道自己的意见，便开口说：

"如果对方有意思，应该很快就会有进展吧？"

"宫尾先生也是，跟我见面，与其说是开心，更像是淡淡地走完流程，看起来酷酷的。我有点儿无法想象他喜欢上我，热情追求的样子。"

"对姐来说，重要的是会不会喜欢上彼此呢。"凛不知为何红着脸回答。

"这不是天经地义的事吗？少了喜欢的心情，男女之间的感情要怎么开始？"绫香说着说着，发现凛渐渐地低下头去。这才想起来，她从来没听凛说过喜欢谁或是交了男朋友。在家人的心目中，凛永远都是小小的么女，看到高中时代也没有任何恋爱话题，下课后都跑去手球队练习的凛，羽依还曾开玩笑地说"她是怪胎"，但现在，凛也已经是个研究生了。

"已经一点了啊。抱歉三更半夜突然跟你说这些。我要去洗澡了，你也去睡吧。"绫香突然恢复姐姐的气势，站了起来。也许凛还没有喜欢上任何人的经验。那么赤裸裸地说出自己的心情，害凛不知所措，不是当姐姐的该有的行为。虽说是理所当然，但是比起今天刚见面的宫尾，她更重视从小疼爱的妹妹的心情。

凛好半晌默默地擦着头发，说：

"我是不太懂，不过姐能遇到值得这么认真思考的对象，我觉得真的很好。如果是个烂到不行的人，根本不必烦恼，结论早就出来了。就是因为心里有点儿意思，才会想东想西吧？"

被妹妹一语道破，绫香的体温急速上升。

"嗯，确实，我是那种凡事小心翼翼的人，就连看到好兆头，都忍不住要胡思乱想。"

绫香想掩饰内心的慌乱，说了些冷静的自我分析的话，但声音都走调了，欲盖弥彰。凛也没有进一步捉弄这样的姐姐，说了声"晚安"，回房间去了。

或许就像凛说的，因为对宫尾先生有意思，才会烦恼个不停。绫香走下通往一楼的阴暗楼梯时寻思着。凛还年轻，应该无法想象，但绫香内心最强烈的念头是"错过这次，可能就没有下一次了"，因此在判断自己与对方是否契合时，压力极大。未来可能孤单一辈子的不安，让她不管对象是谁，只要愿意接纳自己，都想不顾一切地靠过去；但又自私地想避免和貌合神离的对象同住一辈子的愚蠢选择，两种情绪矛盾不已。突然脑中冒出一幅画面：一只狗叼着一块肉，望着倒映在河面的自己，想着"那块肉好像也很好吃"。不禁内心一阵纠结。

会如此急迫难安，或许是受到过去的恋爱经验的影响。

绫香认真交往的上一任男友，一开始虽然对她满怀爱意，甚至论及婚嫁，到了后来，却变得毫无笑容、热情尽失，只顾着玩手机，和绫香之间的温度差距愈来愈大。现在绫香能够忆起的，只有他或坐或卧地在沙发上玩手机的背影。他是个视野极狭隘的人，手机对他来说，是除了绫香之外，他与外界相连的唯一一扇小窗吗？

由于和他交往的影响，绫香害怕男人开始说"我很忙、很累"。因为她无法分辨，他们是真的又累又忙吗？或者只是即使见面也提不起劲，所以拿那些话来当借口？

只要询问对方"你看起来没什么精神，怎么了？"得到的回答常是"我很累""我很忙"，这时总不能责怪说："你骗人！"明明刚交往的时候，即使是差不多忙的日子，只要能见面，就兴致高昂。男人也会因为不再喜欢了、差不多想分手了，而自觉地撒谎说"我累了""我很忙"，另一种情况则是体力指数真的降到零，不自觉地说"我累了""我很忙"。不管是哪一种，身边的女人都能察觉出来。察觉那明明不想察觉，却一清二楚的、自己与男方的温差。因为自己不管再怎么疲累，只要见到心上人，就幸福到可以将一切抛诸脑后。相反，如果对方真的忙到累坏了，女人不管等上多久，即使男方没力气搭理，而是在一旁呼呼大睡，也一点儿都不会感到不安。

每当看到女人被男方以占有欲强、爱嫉妒为由疏远，绫香总能跟她们产生共鸣，心生同情。这明明不是事实。你的预感是正常的。你只是察觉了危险的阴影，像只敏感的小狗般叫个不停。男人与其拿工作当借口，日渐疏远，倒不如随着一句简短的道别，干脆地从女人眼前消失，这才是好心。隐藏不敢明确说出口的懦弱，装作身体被公司搞坏的样子，对于这种男人，放弃是唯一的选择。

宫尾并未夸大自己有多忙碌，绫香约会时再三询问："时间不要紧吗？"他也只是说："今天除了跟绫香小姐见面，没有任何行程。"一整天从容地陪着她。但是谁晓得会不会有那么一天，他会连假日都拿工作繁忙为由，拒绝见面。绫香讨厌看起来忙碌不堪的人，其实是因为害怕被对方打上"不值得见面的无趣之人"的烙印，以工作为由疏远、消失。

第三天，从公司回来的羽依略显惊讶，递给绫香一个白色信封。

"这是宫尾先生给你的。你们连联络方式都没有交换吗？宫尾先生慌得跟什么似的。"

信封里有宫尾的名片和一张小卡片，名片上的头衔是"营业部代理科长"。卡片上写了几句话、手机号码、手机信箱，字体细小工整，与他的体格完全不相称。绫香心里一阵惊讶。这是宫尾先生的字？真意外。

　　谢谢你给了我一段愉快的时光。如果有机会，希望还可以一起出去走走。请多指教。

　　绫香一直无法拿捏与宫尾的约会是怎样的感受，但是看到卡片上"愉快的时光"几个字，瞬间涌出一阵喜悦，对着卡片不停地点头：对，我也很愉快，是暌违许久的幸福的一天，我也想再和你一起出去走走。

　　　　　　　　　　　　***

　　凛没想到父母的反应会如此激烈。得知凛想进的企业是东京都内的零食厂，母亲坐在摆着公司报考手册的咖啡桌另一头，当场哭了出来。至于父亲，他一脸愤懑地打断凛结结巴巴的说明，丢下一句"够了，你重新考虑"，就读起报纸，仿佛凛从未表明心志。凛满心莫名其妙，脑袋一片空白，收拾桌上的手册，脸颊却愈来愈热，眼眶红了起来，低喃了一句"我不会放弃"，踩着粗重的脚步离开了客厅。

到底发生了什么事？

直到刚才，父母都还笑眯眯地讨论着凛将来的工作。母亲说绫香那时候因为碰上求职冰河期，新员工的录取名额本身就少，很辛苦，但凛应该不要紧；凛说教授可能会帮忙介绍不错的公司，父亲闻言便称赞："太好了，这都是你在研究所努力的成果。"然而她一说出教授介绍的公司在东京，客厅的空气便瞬间冻结。凛也依稀感觉如果提出要离开京都去远方，可能会引发风波，因此从未向父母表明自己想要前往新天地，但她还是没想到居然会被否决到这种地步。

他们甚至没问她为什么想去。凛趴在房间的书桌上，抱着父母连封面都不肯看上一眼的手册垂泪。进入研究所之后，她就决心两年后要去东京工作，一直努力投入生化研究。教授也很肯定她，还破格推荐她到大食品厂工作。

她又不是因为想要离开家人，才选择远方的公司。也不是要永久定居外国或再也不回京都，只是说她想要去同样在日本国内的东京工作，却害得父母伤心落泪。奥泽家本来就很保守，父亲和母亲以前是青梅竹马，也是邻居，亲戚几乎都住在京都或关西圈其他地方，两个姐姐也不曾说要离开京都工作。

小时候，每逢假期，他们就会全家一起去各地旅行，也去过东京迪士尼乐园三次，但不管去哪里，只要一回到家，父母就会说"还是自己家最好"，大大松一口气。凛很明白两人对这片土地有着深厚的感情，也非常疼爱孩子，但是一说到要离开，他们居然如此激烈抗拒，她觉得根本就不正常。凛在怒意驱使下，坐在椅子上，一脚又一脚地踹着墙壁。她自小以来表达愤怒的方式就一成不变，这令她一瞬间不安起来："我这个样子，真的能好好适应东京吗？"但她不管，继续踢墙。母亲很重视壁纸的干净完好，而凛自小就故意以这样的行动来挑起母亲的不愉快，以示抗议。钝重的声音透过墙壁，也传到奥泽家的其他房间，整栋屋子随着撞击微微摇晃。

一晚过去，凛依旧愤愤不平，待在家里也别扭，她打电话问未来："要不要一起出去玩？"未来欣然答应，两人在假日到河原町去逛街购物。

未来说想买新运动鞋，凛陪她进了运动用品店，隔着店里的橱窗，在路上的人群中发现了熟悉的面孔。

"啊，是羽依。"

"你朋友？"

"不是，是我姐。"

羽依挽着身旁男人的手臂，开心地慢慢经过橱窗前，曼妙的身躯穿着贴身的洋装。这季节只穿一件洋装已经有点儿冷了，但她看起来满不在乎。应该是在今年的特卖会买的流行洋装，穿在羽依身上却有种怀旧的味道。羽依是如假包换的平成时代的人，气质却总像泡沫经济时代勇往直前的时髦女孩，仿佛穿越时空来到河原町通。她光是走在路上就很引人注目，不只是因为漂亮，而是她全身散发出一种"看我看我"的厚脸皮气息吧。

"不用打个招呼吗？"

"不用。她不喜欢跟男朋友在一起的时候被家人打扰。"

羽依即使换了男朋友，也不会向家人介绍，不过这次在一起的人，看起来是个朴实的好人。比起过去羽依给她看过照片的抢手前男友们，感觉更容易沟通。不过羽依还是一样，全身散发出十足能量，男方的存在感显得稀薄。

"你姐应该很受欢迎。"

"她大学的时候成天联谊。对象形形色色，还跟小和尚联谊过好几次，她都叫他们'和尚男孩'。"

"什么？听起来好好玩。认识和尚的机会不多啊。"

"不，应该挺多的。我是没有，不过除了羽依，我也听说过其他朋友跟和尚联谊。还有朋友说父母叫她去跟和尚相亲呢。"

"真的吗！不愧是有许多寺院和神社的京都。的确，走在路上，也经常看到和尚。"

"常有和尚穿着袈裟，神气地在路上骑着摩托车呢。羽依当时对其中一个和尚男孩感觉还不错，对方很帅，又专情，羽依似乎也很有意思，但结果两人还是没有交往。我说：'为什么？你不是快喜欢上他了？很可惜啊！'结果她说：'就算能结婚，我也受不了寺院早上的修行，想想还是算了。'羽依早上都爬不起来。"

未来仰头大笑。

"虽然是姐妹，气质跟你差很多呢。"

"嗯，很少有人说我们像。羽依跟我不一样，长得漂亮又引人注目。"

未来目不转睛地看着凛的脸：

"凛，你说这话是认真的吗？"

"咦？为什么这么问？"

"你姐是很漂亮，不过论五官，你也不遑多让啊。而且还不用化妆跟服装来修饰。你的脸比别人小一圈，眼睛却很大，闪闪发亮。"

未来不是那种会奉承别人的类型。她严肃观察的眼神令人害羞，凛的脸颊一下子滚烫起来。

"你在说什么啦，未来，不要逗我哦。"

"我从以前就一直觉得，你算是未经琢磨的璞玉呢。"

凛想多听听未来对她的评价，却又好像不是真的想听，总觉得会撬开不该打开的箱子，连忙换了个话题。

结果未来买了粉黑相间、平常也可以穿的运动鞋，两人接着进入四条通以自家烘焙咖啡为卖点的咖啡店。消费人群的年龄比两人高了许多，中年男女零星坐在店里。店面呈细长状，两人坐到最里面，可以看到中庭的景色。

"恭喜你拿到推荐。既然有教授特地为你美言，应该百分之百可以进去吧。"教授为学生介绍工作，这是很敏感的话题，因此凛没有告诉研究室的其他同学，不过不久前传信息告诉未来了。

"谢谢。可是我遇到困难了。我爸妈反对。"

"咦？反对你进那家公司？"

"不是，是反对我去东京工作。"

香草冰激凌配上通透绿色汽水的苏打冰激凌看起来很美味，但以现在的季节来说太冰了。

"我说我要去东京工作，又不是要去外国定居，他们居然哭了，搞得我不知所措。这样也算是京都风情吗？"

"确实，京都出生的人想要去东京工作的，我们研究室里也只有你一个。"

"你离开故乡广岛的时候，父母没有反对吗？"

"有啊，说我们家有三个小孩，没有钱。我父亲先是一清二楚地告诉我，家里没钱供你上大学，还要在外面生活。可是我亮出奖学金制度、打工计划、京都便宜的出租公寓信息等等，表示我有办法一个人在这里生活，然后我妈渐渐理解，说：'如果你办得到，那就去吧。'"

"离家去外地这件事，他们有没有说什么？"

"这一点倒是还好。我们全家一起到京都来旅游过几次，都很喜欢京都，他们还很高兴地说来玩的时候可以免费住在我这里。你要离家这件事，你爸妈不准吗？"

"嗯，他们说如果想搬出去住，就找关西圈的工作。"

"你真是个千金小姐呢。"

"你呢？求职怎么办？"

"嗯……就一般的求职。地点无所谓，坦白说，跟在研究所的专业无关也行。我想进有活力、有成就感的地方工作，尽量去各处多面试。"

每次面对求职上没有任何限制、活得自由自在的未来，凛就忍不住拿自己比较，一想到又得跟父母沟通，她就忧郁万分。低头一看，冰激凌开始融化，白色的细线渗进绿色的苏打水层。为什么咖啡店总是放这么多冰块呢？如果拿掉冰块，最重要的内容物，还装得满这细长玻璃杯的一半吗？

回家一看，父母正在客厅等着凛。他们表面上装出爽朗的笑容，全身上下却散发出准备与发飙的女儿对峙的紧张感。

"来，坐吧。"

而凛拼命隐藏不晓得父母要说什么的恐惧，为了表示她不打算改变自己的心意，咬紧牙关，绷紧表情，在对面沙发坐了下来。

"首先，你想做什么样的工作？"

"我主要选择食品类公司的职缺。因为我想运用在研究所学的生化专门知识。食品类的公司都集中在东京。"

母亲点点头，从夹在腰部和沙发之间的皮包取出一沓纸，是京都与大阪企业介绍的打印文件。

"京都附近也有不错的公司。妈在网络上帮你找过了。是一家很大的公司，要考进去可能有些难度，不过如果你有意愿，挑战看看怎么样？"

这次母亲没有接着说"我是不晓得啦"。在研究室的教授建议下，凛自己搜集企业资料时，也找到过这家公司。但因为位于关西圈，她甚至没有索取资料。从话题进展之迅速，凛发现父母有备而来，早已演练过她会如何回答，不禁发出呻吟。"我已经有想去的公司了，为什么故意要我去其他企业？"

"既然是找工作，比起在哪一家公司工作，做什么工作更重要，不是吗？妈觉得你想要去东京的愿望太强，关于最重要的工作内容，反而没怎么仔细考虑过。为了想住在东京而找那里的工作，这样的动机太不正当了。"

"只推荐我大阪跟京都的公司，爸妈的动机也很不正当吧？"

尴尬的沉默笼罩客厅。一语不发的父亲按兵不动，还没有要开口的样子。

"很可能不只是做个两三年啊。如果进去工作，不晓得会做上几年，也有可能跟在那里认识的人结婚，如果对方是关东人，就会继续住在那里。"

"那如果我丈夫被要求调去外地呢？"

"那是变成一家人以后的事，没办法。"

"这太没道理了。"

"凛，你是真心想在那家食品公司工作吗？"父亲总算开口。

"那当然了，那里可以运用我学习的知识，而且是商品可以铺上全国每一家商店货架的大公司，连我自己都觉得有些配不上呢。"

"真的吗？你想去东京，更胜于想进那家公司吧？如果那家公司的总公司在京都，你还会想去吗？"

凛语塞了。这是她早就觉得万一被点出会无法招架的问题。在咨询求职问题的时候，她总是向教授要求"最好是东京的公司"。

"京都和大阪也有几家不错的选择啊。不管是公司规模还是工作内容，感觉都相去不远。"

凛说不出话来，泪水直流。脑中浮现的全是些缺乏说服力的辩解。父亲的想法并不能说错，同龄的人里面，有一些女性根本没有出去工作，而且在京都当地，很多女生只工作一下子就辞职了，结婚后当起专职主妇的人看起来也很幸福。与其说是传统守旧，不如说是个人生活方式的差异，因此她无法巧妙反驳，但她想要主张：总之我就是想出去工作。

"如果你讨厌这个地方，我们可以全家搬走，你就明说了吧。"

看到流泪的凛，母亲难受地说。

"什么？"

凛一边掉眼泪，眼见话题突然从东京和京都之争缩小到自家，瞪圆了眼睛。

"你小时候有段时期成天做噩梦，说你讨厌这个地方，吵着要搬家。如果你还是不喜欢这里，这房子也旧了，搬去别的地方买新房子也行。卖掉土地和房子，就能拿到不小的一笔钱，想要搬家，随时都可以。"

"那只是小时候那样想而已啊！"

居然挖出八百年前的事情来说……母亲与自己的认知落差之大，令凛害怕起来，整个人都虚脱了。宁愿举家搬迁，也不愿意让凛去东京，母亲想把她留在身边的感情比想象中的更要沉重。

"为什么你们就这么不想离开京都？"

不管再怎么问，得到的回答都是太远了、那不是人住的地方、你可能会结婚不回来，凛甚至开始怀疑起来，父母是不是一直都瞒着她，其实她有特异体质，只要离开京都盆地，就会融化成一摊液体？或是风一吹就会瞬间变成白骨风化？是只要离开京都，奥泽家的某种魔法就会失效吗？不，不可能。父母只是纯粹在担心吧。真要说的话，被京都的魔法困住的是父母才对。

"唉，先冷静点儿。连入社考都还没参加，没必要现在就吵成这样。"父亲语气优哉地调停说。

"没错，只是口头约定，还不一定就能进去。接下来我也会依照程序参加笔试和面试。"

"就是啊，那是家大企业，凛还不晓得有没有实力考上。"

母亲不知为何得意扬扬地说，凛觉得在研究所的努力都被抹杀了，一阵气恼。"妈那是什么话？说得好像我最好落榜似的！"

"妈又没这么想，不过你有必要再冷静想想。现在与其讨论去不去东京，你应该先关心一下考不考得上。就算教授特地替你美言，你满脑子想着东京，浮浮躁躁，考试也考不上。"

母亲说得没错，无法反驳。让她认真思考入社考试，这话天经地义，不过到时就算考上了，他们会放她去东京吗？如果不先弄清楚这一点，她就得在精神极不稳定的状态下参加考试。

"我知道了。总之现在我会努力准备入社考。不过如果考上，接下来的人生是我自己的，要怎么做是我的自由。"

父母显然一下说不出话来，露出慌乱的样子，母亲在气头上回了一句：

"随你的便！"

可是妈不是连晚饭都不肯为我做了吗！凛险些要这么

呐喊，好不容易才克制下来。这样的反驳太幼稚了。倒不如说，她怎么会突然想为了晚饭的事情责怪母亲呢？原来如此，母亲再也不肯为她做饭，竟让她如此受伤。即使到了这把岁数，还是摆脱不了"明明是一家人""明明是母亲"的想法。因为自小一直理所当然地吃着母亲亲手煮的饭菜。反过来想，把她照顾得无微不至，一直同住在家里的父母，听到她突然说要搬出去，会有多么难受、惊慌？"我都已经是大人了"，这样的反驳一定毫无意义。因为亲子的关系，是建立在与年龄无关的轴线上吧。

凛没有回话，冲出客厅。除了愤恨，不安亦同时涌上心头。即使有教授帮忙，如果自己完全没达到企业的用人标准，无疑也一定会收到"很遗憾无法录取你"的回复。搬去东京的事也是，虽然不奢望父母会支持，却也没想到他们还让她对入社考试萌生多余的不安。之前每次凛说"我是真心想要做什么"，父亲虽然会埋怨"凛就是这么顽固"，但最后总是会支持她；然而这次父亲虽然比母亲更为寡言，但显然直到最后都不会站在她这方，这也令她深受打击。

凛在洗手台洗脸，用毛巾擦干脸时，发现镜中倒映出不知何时起就站在身后的父亲的身影。

"三个人一起谈，你跟你妈都会忍不住激动。所以爸想趁现在问个清楚，因为我怎么样都不明白，为什么你就这么想去东京？"

确实，凛也觉得三个人讨论，就会变得像在对呛，战火比预想中更迅速地引爆开来。和父亲两个人单独谈谈或许不错。不过这里是盥洗室，旁边的洗衣机正在运转，水流搅拌的声音充塞四下。因为母亲不在，就直接在这种地方谈起重要的事情，真的很像父亲的作风。

"当然，最大的理由是我想进的企业主要集中在关东圈。可是，是啊，如果还有别的理由……怎么说，我觉得如果错过这次机会，这辈子就再也没办法离开京都了，这让我觉得窒息。不是因为家人不同意才出不去。我非常喜欢这个群山环绕、景色优美的地方，却也觉得有一股力量不断地向内推挤，以温柔的屏障紧紧包覆着盆地里的居民。"

凛本来以为父亲会说"不要说些莫名其妙的话"，但父亲没有特别惊讶的样子，点了点头说：

"你是被京都的历史压得喘不过气了吗？我们家这一带的土地，在漫长的岁月里真的发生过非常多的事，而且你从小就比你两个姐姐更敏感。确实，京都说好听是保护着这里的人，说难听就是把人给圈在这里头。"

父亲好似理所当然地理解她的话，并且给出了回应，这令凛难掩惊讶。明明父女俩从来没有谈过这类话题。她说的是抽象到连自己都没有自信能够完整表达的感受，如此看来，内心所想已经如实地传达给父亲了。

"东京——当然其他任何一个县也是，只要搭上电车或新干线，一下子就可以去了。又不是路被封住，不管是要旅行还是搬家，只要想做，随时都可以。可是即使能去其他地方旅行，一旦决定要真正离开，我却觉得没办法轻易跨出去。即使想要离开，也有一股看不见的力量温柔地把你推回来。或是即使暂时离开了，也会有一股奇妙而温柔的风从京都吹来，说着'差不多该回来啦'，赫然回神的时候，人又回到京都了，我有这种预感。"

"的确，你爸长年住在京都，有时候也会感觉到这里独特的力量。出差去别的地方，回到这里的时候，总会觉得莫名清爽。理由不只是因为回到自己的故乡，松了一口气而已，而是有种全身都被京都的风洗涤的感觉。爸没有见过鬼，也不懂宗教、灵异那类事物，虽然我不是很清楚，不过不是都说京都从平安京的时代开始，东西南北就各有守护神在守护吗？虽然我不认为真的有那种神在守护京都，不过也明白古人想要表达的意思。那应该是古人想出来的一种巧妙‘比喻’。硬要说的话，是有那种类似神的东西在守护着京都。历史上是说，平安京建都的时候参考了风水，所以这片土地有了力量，不过爸觉得其实相反，是这片土地的地形原本就容易生出力量，恰好和风水之说相吻合吧。确实，住在这里能感觉得到超越人力的事物。”

“我没有见过鬼，倒是常做奇怪的噩梦。”

“爸也从来没做过怪梦。我说的不是鬼，而是根植在这片土地上的东西。有一种叫‘地缚灵’的鬼，不过弥漫在京都的，是‘地缚’这东西。”

“爸理解我的意思，太好了。现在有了一个类似破洞的缺口，感觉可以勉强从那里逃出去，不过我知道那个缺口一定会一年比一年更小，不快点儿逃出去，它就会完全合拢，消失得无影无踪，甚至看不出原本有洞，然后人就会永远被封闭在里头。"

凛的语气愈来愈激动，父亲的表情却愈来愈忧愁。

"你的心情爸不是不明白，但还是没办法举双手赞成。就算你现在觉得非离开不可，但是爸觉得再等个一阵子，你就能接纳这片土地的各种面相了。年龄应该有很大的影响。到时候你就能接纳这里，而且是正面意义的接纳。就不能等到那时候吗？"

"不行。我觉得如果等到那时候，我内在有一块很重要的地方就会死去。"

听到凛的话，父亲也没有变脸，而是点了点头，就像早就明白凛不可能领悟他的想法。

"唉，没办法。这个问题上，很难一下子就理解彼此的想法。今天说了很多，大家都累了。先去睡吧。"

好，凛这么回答，但情绪依旧亢奋，时间也还早，感觉实在睡不着。她在房间平静了一下心情后，敲了敲绫香的房门。遇到烦恼的时候，她总是会找两个姐姐谈心。

看见凛低着头走进房间，绫香静静等着。她已经知道凛和父母为了毕业出路的事起争执。

"姐怎么想的？你也觉得我的说法很奇怪吗？"

"嗯，我是有点儿疑问……为什么你会这么想出去工作？我本来以为你会就这样继续攻读博士。"

原以为工作了很久的姐姐会理解自己，凛的眼眶一下子盈满了泪水。

"我不是在责怪你啊，凛。只是纯粹好奇，你是从什么时候开始改变想法的？有关东京的事也是，你怎么会变得这么想去那里？我从来没听说过你向往东京，而且你在京都这里，也经常去许多地方走走玩玩，过得很快乐，不是吗？"

"我觉得最难过的，是大家以为我是讨厌京都，才说要离开的。"

凛的声音开始颤抖，绫香急忙补了句：

"我没有这么想，只是纯粹想知道理由。你真的很向往东京吗？"

"向往是有，但理由不只是这样。"

凛想把刚才告诉父亲的话再说一次，却害怕万一姐姐无法理解该怎么办。

"我不是很明白，不过那一定不是可以用言语就能传达的理由吧。梦想是没有理由的，只有想要变成什么样子的坚定意志。我觉得你有想要像这样努力实现的目标，真的很棒。爸跟妈也是，他们一定说了很多反对的理由，不过其实真心话只是担心你、怕寂寞，只是这样而已。"

绫香一直握在手里的手机响了，她看到屏幕显示的名字，弹簧似的从椅子上站了起来，留下一句"我接一下电话"，匆匆走出房间。一定是宫尾打来的电话。这阵子晚上八点左右，绫香经常接到电话。不管是正在吃饭、和家人聊天，还是正在看喜欢的电视剧，只要电话一响，绫香一定会立刻接听。然后走到没有人的走廊或自己的房间，开始和对方低声说话。

第一次约会时，绫香看起来对对方毫无兴趣，现在变化居然这么大，令凛惊讶不已，但是听到两人还没有开始交往，她更是惊讶了。两人似乎小心谨慎地摸索着对方的心情，但就连对恋爱生疏的凛，看到宫尾频繁的来电，和绫香一下子就脸红的态度，也能明白他们是两情相悦。两人都一把年纪了，应该可以快快进入下一个阶段了，绫香却一点儿都不着急，说："等到更了解彼此再说……"全家到齐的餐桌上，聊起宫尾的话题时，绫香开心地说："宫尾先生目前没有要调职的样子，这真的很幸运。"父母也笑着深深点头说："那真的很好。"让当时准备最近就要宣布她想去东京的凛胸口难受极了。

有一次，绫香一脸悲怆地向凛吐露想结婚，但总感觉结不了婚的苦恼，凛全力鼓励她说："姐一定可以的，而且你还不到需要焦虑的年纪嘛。不必勉强找对象，姐的工作很稳定，你又这么有魅力，没必要焦虑吧？"绫香叹了一口气说："你还年轻，不懂我现在的心情。"凛没有反驳，但内心想着"大概跟年纪无关。不管长到几岁，我一定都无法体会姐的心情"。不只是绫香，即使和身边其他同龄女生相比，凛也经常觉得自己的体内时钟速度和她们的天差地别。

离开绫香的房间，前往羽依的房间一看，羽依正在床上用按摩滚轮按摩小腿。凛开始倾诉心事，羽依似乎已经知道详情了。

"你在京都没有男人吗？"

"才没有。连前男友都没有。"

羽依什么也没说，但微微睁大的眼睛难掩惊讶。羽依男朋友的事，凛听到都快烂了，但她从来不曾分享自己的恋爱经验，羽依也从未深入追问，所以她也不知道妹妹究竟是单纯讨厌恋爱的话题，还是因为没有跟男性交往的经验。现在终于得知真相，羽依目不转睛地端详妹妹：

"凛，你对男人没兴趣吗？"

"也不是啊。"

"有人追你吧？"

"也没有啊。我从以前就几乎只有同性朋友，而且跟男生很少有私交啊。我跟研究室的男生是挺常聊天的，不过都是聊研究的事，从来不聊私事。"

"男生？你当自己还是初中生吗？你主动去追啊。找到自己跟感兴趣的男人之间的关联，发展成可以笑着聊天、交换联络方式的关系怎么样？"

"我现在又没有感兴趣的男人。"

"你就是跟男人接触太少，才会不知道哪种男人好吧。"

"怎样的男人才好？"

"工作表现正常，跟身边的人相处愉快，这些人生的基础稳固，然后个性没有致命的偏差或扭曲的家伙。符合这些基本条件，才是最重要的，然后再加上自己的喜好来挑选，千万不可以光依喜好来挑。然后，还需要冷静的目光。这是跟形形色色的男人交往过的我最大的心得。"

"光依喜好来挑选，就会像你那样碰上花花公子上司吗?"

"对对对，那真是一场失败，虽然从第一印象的眼神就隐约察觉他是地雷了，却觉得那种危险很吸引人，自己倒贴了上去。如果跟魅力十足，但本质上哪里怪怪的人交往，最后吃亏的会是自己。"

羽依也许是想起了前原，蹙起眉头，将细长美丽的双脚交叠起来。

"其他细节，像是喜滋滋地谈论比自己差的人，这种男人要小心。这有可能反映出他的自卑，很可能是一个不思进取的家伙。会赌博的人谈论输得比自己更惨的人、懒得工作的人谈论比自己更懒的人、在公司爬不上去的人谈论比自己更没出息的同事，这种没有上进心、个性差、看着比自己差的人来获取安心的家伙最糟糕。批评谁都会，付诸行动最困难，都一把年纪了还没办法体悟这一点的男人，不可能出人头地。"

羽依谈论男人时，那种鄙俗而神气的眼神，还有略微仰起的下巴，大部分人看了都会不太舒服，但凛反倒是深为着迷。京都文化特别重视避免招摇，但姐姐从来不谦虚，总大肆炫耀自己的特质（主要是容貌），这样的作风甚至让凛觉得大快人心。在学校和公司等封闭的小社会里，即使遭人厌恶，仍不退缩，每天照样上学上班，需要莫大的毅力。像自己就对京都这片土地酝酿出来的无形压力过于恐惧、委曲求全，而感到窒息，明明是深爱的土地，却想要逃离这里，矛盾不已。相反，羽依深深扎根于京都的程度令人咂舌。她会适度地咒骂宣泄，对于永远留在故乡毫不抗拒。

明明是来商讨毕业出路的，一回神，发现自己在聆听羽依传授分辨好男人的技巧。虽然内心苦笑这实在是羽依的典型作风，心情却也轻松了许多。羽依豁达大度的明朗，让钻进死胡同的凛稍微开朗了起来。如果有一天我和谁交往，对方会符合羽依定下的好男人标准吗？总有一种会挑到完全不同类型的人的预感。希望可以找到羽依也能认同的对象。不过未来的男友形象实在是过于模糊遥远，现在的她只能关注自己的前途。

早晨，凛被修行僧的浑厚唱诵声给吵醒了。禅宗的僧侣以一定的间隔排成队伍，以丹田发声法发出介于"呵"

与"呜"之间难以形容的声响，响彻整个街道，即使将窗户紧闭，那声音照样会钻进房间里。狗可能被吓到了，跟着叫了起来，唱和似的嚎叫着，相当有趣。

凛都用这群被称为"云水"的修行僧的声音当闹钟，托钵的日子他们比平常更早起。凛即使想睡回笼觉，每当僧侣经过家门前的巷子，声音便朗朗响起，而且是一个接着一个，根本无法入睡。以前她会用枕头捂住耳朵，设法再睡，但最近已经放弃抵抗了。同时重新细听那声音，便不觉得是噪声，反而被那庄严的声调给吸引。托钵僧清澄的声音在山间回响，让早晨的空气愈发洁净。

凛离家前往附近的祖母家，不出所料，祖母手中捏着口金包站在门口。

祖母有布施的习惯，今天也送了钱给托钵僧；戴着斗笠的和尚深深地向祖母行礼，以头陀袋接过钱，祖母双手合掌，向和尚行礼。

比起拥有许多和服、家境似乎很富裕的外公外婆，凛私心更喜欢祖父祖母。祖父祖母内敛而不多加干涉奥泽家，但每次去玩总是不着痕迹地宠她，端出受潮的糕点招待。现在，外公外婆和祖父都已经过世，在世的只剩下祖母。

"奶奶，早安。"

"啊，小凛，早安。"

奶奶还能记住我的名字多久？这么一想，凛的胸口便一阵揪紧。祖母两年前骑自行车摔倒伤了脚之后，大半时间都待在家里不出门，从此就变得不太有精神，神情空洞。父亲对祖母的变化一点儿都不惊讶，说老人家已经快九十了，能一个人在家自理生活，已经是奇迹了，凛即使理智上明白，心中仍觉得奶奶永远都是以前的奶奶，因此其实内心大受打击。搬去远地的堂兄妹去年来探望祖母时，祖母已经想不起来他们叫什么名字，甚至认不出他们是自己的孙子，所以凛经常会去祖母家看看，希望她最起码别忘了自己。

尽管距离差不多，但是和外婆家比起来，与祖母的往来却是少得多。但是别说祖母自己了，连父母都完全不觉得有什么奇怪，甚至没有意识到的样子。即使每年来拜访家里的只有外公外婆，也从未为这件事起过争执。"这到底是为什么？"三姐妹兴起单纯的疑问，也问过父母，得到的回答是"你们祖母喜欢独处"。

确实，祖母虽然不到烦人的地步，但总是云淡风轻，即使三姐妹偶尔去玩，她也不会热情地大笑，而是淡淡地迎接，因此孩子们接受了父母的说法，渐渐地疏远祖母家，只有父亲每两周会回老家一次，看看祖母的生活起居。不过三个孩子里面只有凛，虽然有段时期像两个姐姐那样对祖母失去兴趣，上了高中以后，她又开始拜访祖母家，希望能恢复交流。

确实，光是屋子大小就不一样，外婆家是有庭院的独栋豪华平房（现在已经拆掉了），而且外公外婆总是盛情款待，对外孙女们疼爱有加，每次去玩都叫寿司外卖，还给她们零用钱。相较之下，祖母家实在缺乏吸引力，门面狭窄而内部深长的简朴房屋采光不佳，湿气总是很重，但久久来访一次的孙女和儿子儿媳回去时，祖母一定都会静静地站在门口目送，直到再也看不见人影，凛忘不了祖母那样的身影。

凛隐约知道，祖母虽然刻意不和他们密切交流，但绝对不是不喜欢他们。父亲不动声色但定期回老家探望，也是让凛这么认定的原因之一。凛察觉若是在白天或傍晚拜访，祖母总是会心神不宁的样子，因此便改成早上拜访。

如果去了东京，就再也无法时常探望祖母了。

"要进来吗？"

"不，这里就好。奶奶，我可能会去东京工作。如果考上那家公司，我会一个人搬去东京工作。没办法经常来看你，这很让人难过，不过盂兰盆连休和过年的时候，我一定会回来看你。"

祖母用看不出是否理解的平淡表情点了几下头，没有特别说什么。麻雀的叫声在家门前的马路边响着。

"对了，小凛，你等一下。"

祖母折回屋内，手中握着神秘的考拉吉祥物走了出来。

"上次报社给我的，送给你。"

是很久以前流行的小考拉玩偶夹，实在不像是最近才收到的东西。考拉的手脚刚好可以夹在人的手指上，指头前端的五根黑爪子又尖又小，十分可爱。记得这不是澳洲的代表性伴手礼吗？怎么会是报社给的呢？考拉身上并没有蒙着陈年积尘，毛皮也像是新的，似乎就像祖母说的，是最近才收到的东西。

"谢谢，我会好好珍惜。"

祖母点点头，进入家中，反倒是凛好半晌动弹不得，被留在马路上。她把从时空破洞穿越而来的考拉夹到食指上，不经意地抬头一看，发现祖母家的墙上贴着不认识的政党海报。一定是被贴海报的人游说，祖母稀里糊涂答应让他们贴的。简直是欺负老人家，明明根本就不会为老人着想！凛强烈地想要将海报一把撕下，但她没有这个权限。她用另一只手抚摸着紧抱在手指上的考拉浑圆的背，垮着肩膀返回自家。

一度萌生的这股情绪，再也不可能忽视了。我要冲破笼罩着大气的薄膜，冲到外头。不是为了得到，而是为了失去。即使脚印才刚踩下就消失也无妨，我的气味无法残留在任何一处也无所谓，我想抹去自己的存在。我想以异于死亡的形式，就像被吹气的烛火般消失无踪。

凛冲出家门，跳上自行车，怀着破碎的心，漫无目的地直冲出去。经过千本通、北大路车站，看见鸭川和北大路桥。她原本打算就这样直接骑过去，但晚秋转红的群山实在太美，凛在桥的正中央停下自行车，喘着气凭靠在栏杆上，望着连绵的群山。山峦以复杂的色彩纺织出红叶的锦缎，只向不经意放眼远眺的人展示它的美。

望着那松软饱满、看起来令人垂涎欲滴的山景，凛的胸口揪紧了。

多精巧的都市啊！被低矮群山围绕的我的京都，就好像以手掌轻轻掬起，漂浮在河上。被古老的历史层层捆绑的这片土地，时光看似流动，实则纹丝不动。尽管知道山的另一头还有辽阔的天地，但只要留在这片土地上，便无法体会。冰冷的秋风刺激了凛湿润的眼睛。我深爱着这里，但总有一天非离开不可。除非确信在山的另一头也能找到自己的世界，否则我迟早会窒息。凛目不转睛地望着以细长的单脚伫立在鸭川冰冷河水中的白鹭，潸然泪下。

不是好恶的问题，只是启程的时候到了。这是她一个人的问题。

推着自行车回家的凛，脚步沉重。都来到家附近了，却怎么样都无法直接跨入家门，因此她又骑着自行车去附近看红叶。是旅游书很少介绍、也难得有游客来访的秘密赏枫地点。那里地形高低悬殊，与寺院神社及景区的红叶大异其趣。下坡道陡急到必须留心脚步，放眼望去，底下是一片枫红。由于尚未成为景区，未曾细心修剪的野性红叶豪迈地伸展枝条，像雪花一样飘然落叶。自叶间洒落的阳光热烈得令人直冒汗，但与夏季艳阳不同，大白天便闪烁着金黄色的光辉。四下只有鸟叫声和凛踩过枯叶的脚步声。

对于枫叶，一般人都只注意到它鲜红的色泽，但最具特色的还是形状。有人将枫叶形容为婴儿的手掌，但它美丽的叶梢尖而纤细，美得就像花瓣一般，没有半点儿柔软的感觉。很像心中某种感情的形状。疼痛、憧憬、钦羡。捡起一片，搁在掌心，枫叶好似要化入皮肤。凝缩的红变得小小的，沁入眼中。

***

"羽、依、小、姐。"

羽依半蹲在自动贩卖机前，仰望声音传来的方向，看见前原一脸放肆的笑，正俯视着她。前原佯装没在耍帅，其实连手上刚买的罐装咖啡品牌都经过了算计。虽然是故作自然、假装率性的普通站姿，但他会趁着羽依弯身的瞬间向她搭讪，也许是想要处于优势，先发制人，又或是想要让自己显得更高大。羽依立刻摆出备战姿态。前原明明之前都叫她"羽依"，现在却回到最早的客套叫法，从这里也可以看出他的自尊心在隐隐作祟。

"最近怎样啊？"

如果是京都人，不会说"怎样啊"，应该会说"怎么样"吧？羽依瞬间垂下目光，好隐藏内心的不耐烦。前原为了塑造出世故而有点儿坏男人的形象，混合使用关西艺人在电视上讲的大阪腔和京都腔。对话间像在观察对方反应的一些停顿、看似酷帅的干笑、对傻气的人毫不留情的吐槽等等，完全是在模仿某个主持综艺节目的前搞笑艺人。长得帅、机智聪明、口才好，引人注目的男人多半是这种类型。若是平常，羽依也不会放在心上，但因为曾经上过前原的当，每次她都会想起呆呆上钩的自己，觉得丢脸极了。而且从前原这副态度来看，他内心的羽依，仍然是半年前为他仰慕倾心的那个羽依，还没有更新成最新版。

"很好啊。"

羽依起身微笑，没有多问"那前原先生怎么样"，就要离去。然而前原微妙地挡住羽依的去路，不肯移开。

"怎么，好久没聊了，何必这么急着走？听说，公司那些大姐头员工好像叫你'窃听狂'，这是怎么回事？"

原来那些家伙背地里这么叫我？看来用录音笔吓唬她们还真管用。

"我怎么知道呢？我跟那些人只有表面上的交往。"

"我也讨厌死她们了。那群无聊女人，成天只知道说别人的八卦。在这方面，你明明还年轻，却是一匹狼，帅呆了。跟我很像。"

真敢说，明明最擅长在公司里结党营私、散播风声，脑子里比起工作，只想着如何掌控人际关系。

"你刚才损人的样子也好帅。你真的很适合破口大骂呢。比起在人前软弱得连意见都不敢说，背地里却满口别人坏话的其他女员工，你要坦率多了，我欣赏。"

明知道这个男人面对想要吸引注意的对象，油腔滑调是拿手绝活，但是听到前原的这番奉承，羽依还是忍不住笑了出来，内心的防备也稍微松懈了。在关西，男人的口才在男女关系中是非常有利的武器。虽然想骂"又在那里耍嘴皮子"，但只要口才够好，女方也会忍俊不禁，关西有这种理所当然般的风气。

"还有啊，你跟梅川在交往？"

光听声音，似乎说得轻描淡写，但羽依眼尖地看出，尽管脸上戴着笑容面具，但说出"梅川"两个字时，前原整张脸上还是薄薄地罩上了一层难以掩饰的扭曲愤怒。同时她也发现了，虽然这里不怕被别人看见，但前原向来把在公司的形象看得比什么都重要，为什么他会冒着危险来跟她攀谈？看来女员工之间流传的"羽依被前原睡过一次就甩了"的流言，就是这家伙自己散播出去的。

"你的品位也太奇特了，居然会跟傻大个梅川交往？怎么啦？说点儿什么啊？咦？难道这传闻是假的？"

也许是把羽依微笑的沉默当成了动摇，前原恢复平静的神色，优哉地问着。"谁知道呢？嗯，在公司不是没必要聊私事吗？我还有工作，恕我先失陪了。"这要是别的男人，羽依早就不顾旁人的眼光，赏他一句："关你屁事！"但前原也是梅川的上司，虽然令人气愤，但他在公司有莫大的影响力，所以不能随便触怒。羽依向前原行了个礼，穿过他旁边。

"是哦，到处对男人阿谀谄媚，还有心思工作吗？"

又在我背后说坏话。羽依克制不了冲动，额冒青筋，笑着回头说：

"我总是专心一意地爱着一个人，所以早就把你忘得一干二净了。过气的人就闭嘴吧！"

羽依尽情地欣赏前原的面具剥落、露出过高自尊心的狰狞表情，再次转身走了出去。

惨了。破口大骂的爽快，也只有当下那一瞬间。恢复理智之后，她开始害怕起对方的报复。特别是恋爱纠纷，有时虽然必须明确地说出口，但还是得谨慎行事，若对象是前原，应该最好慎之又慎。如果是在没有和任何人交往的状态下分手，或许狠狠地说他几句也无妨；但从前原的口气来看，他似乎认为羽依还是他的女友，却跑去和梅川交往，也就是羽依劈腿。羽依不再联络前原，而前原也没有联络羽依，所以羽依认为两人的情侣关系自然不存在了，但他们确实从来没有明确地谈过分手。在有新欢的状态下，用一百八十度异于从前的态度面对前原，很有可能是火上浇油。而且前原不仅散播流言，现在还做出近似骚扰的言行，接下来很有可能变本加厉。

前原最后流露的眼神，羽依以前也看过许多次，是认定属于自己的女人突然离去，此时才开始执着起来的危险男人的眼神，最棘手的那一种。而前原也熟悉梅川这个人，他可能觉得："凭什么比我低等的家伙可以跟我没能占有的女人交往？"

唉，烦恼这么多也没用，羽依用冰冷的指尖敲打键盘，试着专注在计算机屏幕上，但前原最后的表情频频在眼前闪烁，甩都甩不掉。再怎么说，前原也是个花花公子，不断地有不同的女人对他投怀送抱，应该不会在公司里干出嫉妒报复这种难看的事，所以对我和梅川的恨意应该不会长久吧。而且如果是我狠狠地甩了他，才搞成这种局面，他的心情也不是不能理解，但互不联络，双方都有错；开始和梅川交往前，前原对我的态度早就说明两人已不是情侣了。

完全无法专心工作。羽依反复揣测前原究竟会有多阴险，之前在约会中聊上好几个小时，天真无邪地彼此微笑，手牵着手，还在夜晚的行道树下接吻，这样的前原，愈想愈像头无法捉摸的怪兽。

与梅川的交往很顺利，两人都会在下班后或休息日找时间碰面。

虽然早已从同事顺利转变为男女朋友，但梅川还是在自己的房间郑重其事地向她说"请和我交往"，这也令人开心。即使没时间出门，光是一起吃饭就很愉快，不管自己说什么，梅川都开心地聆听，这样的包容力完全融化了羽依的心，两人聊天的时候，羽依会展现出孩子气的笑容。

梅川尽管不是时髦的人，假日约会时却绝对不忘竖起polo衫的领子。明明脖子会被遮住，显得很短，只能扣分，但也许在他心目中，这算是时尚加分小技巧，所以一定都把领子竖起来。也许这并不是什么时尚，只是平日穿西装打领带，对安分服帖的衬衫领子积郁太深，所以不过是假日时想展现一下自由狂野的本性而已。这要是被前原看到，肯定会惹他失笑："够俗的。"前原总是很注意他人的目光，有着低调的时髦打扮，年过三十仍注重外表清洁。坦白说，这要是以前，羽依也会倒胃口地想："干吗把领子竖起来啊？"还有，梅川虽然不会这么做，但假设他永远穿尖头皮鞋，羽依也一定会在内心嘲笑："干吗老是穿这种鞋？是鞋头塞了什么东西吗？自以为这是男人的帅气吗？"但是现在，不论约会对象的领子竖得像城墙，还是鞋头尖得刺人，她都毫不在乎。"反正领子或鞋头又不会变成回旋镖飞过来扎我。"若是鸡蛋里挑骨头地将这些批评为"俗""幻灭"，或许会浇熄爱意，但其实真的只是无关紧要的小事。跟吵架的时候连珠炮似的满口贬低辱骂，非把对方的心割碎不可的男人相比，这真的小儿科太多了。

为何以前我从来不肯去正视一个人的本质，老是注意一些细枝末节，以此评断对方呢？与前原的交往过程中一点儿好事也没有，不过让她醒悟认识到这一点，是唯一的收获。

羽依无法将前原的事告诉梅川，只能自己处理。如果提起前原的事，就必须说明两人之前的交往，当然梅川应该已经从公司里的流言得知了，不过难得两人气氛这么好，她可不想哪壶不开提哪壶。

前原开始在下班后的私人时间打电话给羽依，三通电话里面，羽依大概会不情愿地接上一通。一旦接起，前原便会轻快地说个不停，迟迟不肯挂断。

"不好意思，我差不多要去洗澡了。"

"等一下，先不要挂。我想把我要说的话讲清楚。我们之前实在太缺乏沟通了对吧？我也反省过了。"

前原拖拖拉拉地延长对话，最后羽依还跟着他的玩笑一起笑，紧接着赫然惊觉：这种气氛，岂不是像漫长的冷战之后复合的情侣吗？

仿佛两人还在交往般的电话后来也持续不断。不管羽依说多少次她不打算复合，前原也平静地说"我知道"，却还是继续邀约道："羽依，你说过你想去那个地方对吧？我们这个月一起去吧？"羽依说"我怎么可能跟你去"，他便笑道"说得也是"，丝毫不气馁。跟前原说话像在对牛弹琴，羽依觉得毛骨悚然，再也不接他的电话了。

没办法像在置物间与女前辈对峙时那样强势，是因为她明白一旦与前原这个人为敌，非常可怕。前原有点儿小聪明，执念又深得像无底洞。从他的对手和看不顺眼的部下接连辞职的公司传说，就可以预料到若是被他怀恨在心，弄不好会被他明里暗里骚扰上好几年，直到羽依举手投降，辞职为止。目前梅川还没有受到明显的刁难，不仅如此，上次梅川还说他们的交情比之前更好了。

如果前原散播难听的谣言，有可能连带影响到姐姐与宫尾的交往。绫香对第一次约会的感想虽然含糊不清，语带保留，但后来似乎顺利地和宫尾继续约会了。姐姐原本只在职场和家中往返，除了偶尔和女性朋友外出或一个人上街，从来不会出门，但现在早上出门总会刻意打扮一番，晚上九点多才回家，对妹妹羽依来说，也是令人开心的变化。她绝不想妨碍姐姐的恋情。

知道羽依不接电话，前原开始在公司稍远处埋伏下班后的她。

看见前原说着"晚安"，跟在一旁走来，羽依真的惊讶到人都傻了。

"你这个人真的很极端呢。交往的时候，明明连假日都不肯联络我。"

"不是，我是在等你的回应，所以才不敢联络。我这个人意外软弱的。人家讨厌你，你还打电话，只会碰一鼻子灰不是吗？"

态度异于平常。活泼明亮的气质消失，眼神阴沉浑浊，深处闪烁着怒火。羽依为了不被对方的力量压倒，冷哼一声说：

"自己把人甩到一边，跟别的女人打情骂俏，可别把自己说得这么好听。"

说这种话，又要被解释成是在嫉妒了——羽依戒备着，但前原依旧阴气沉沉：

"就是因为你想要离开我，我也只能设法引起你的注意了啊。"

听到那近似真心、不顾一切的低沉嗓音，羽依被打动了。真要这么说的话，我之前不也是同样的想法吗？想要对方关注自己，却因为意气用事，反而误会了彼此。羽依瞬间心软了起来，但冷静想想，还是很可疑。她觉得前原对她从一开始就没有真情，只打算等玩腻了就换别的女人，没想到女方先甩了他琵琶别抱，让他太不甘心，这才执着起来。毕竟和前原交往的时候，她从来没有感受到半点儿和梅川在一起时的安心。

羽依恳求前原说："就算你继续纠缠不清，也不会有结果，拜托你住手吧！"

结果前原坚持说："那最后一次就好，给我一个正式谈谈的机会。"

"你不是来过我家一次？还记得怎么走吧？你再过来一次吧。啊，你该不会以为我想对你怎么样吧？如果担心，你可以用胶带捆住我的手再开始谈。"

总是要走到这一步的，羽依不情愿地同意了。羽依本身也想避免在别人会看到的地方碰面。如果被公司的人，或偏偏那么倒霉，被梅川目击到她和前原单独碰面，由于她之前和前原交往过，有可能会被误解成脚踏两只船，所以不能在咖啡厅等地方碰面。京都很小，任何地方都有可能遇到熟人。确实，她去过前原在蹴上的住处一次，那里离公司和市中心都有段距离，很容易避人耳目。那次两人吃着外送比萨，气氛良好地聊了一整个下午，但没有什么进展，羽依就回家了。当时羽依全心全意爱慕着前原，还焦急地期待起码也该接吻一下，但感觉这次拜访，心情会是完全相反。

"那，星期日白天怎么样？我应该不能坐太久。"

"好啊，就这么决定。午饭怎么办？"

"我吃过再去。"

"了解。我很期待。"

前原松了一口气，笑逐颜开，夺目的男性魅力像雾气一样喷发而出，虽然令人不甘心，但羽依瞬间禁不住情迷意乱。以前的羽依好爱他的笑容，但现在她已经知道前原对自己的男性魅力深具信心，因此他的迷幻术对她的效果也减少了一半以上。就和有些女人熟知自己的诱惑力一样，也有些男人对自己的魔法心知肚明，刻意演出。他们借此得手的利益愈大，就愈会得意地磨炼这项技巧。

"不管谈得怎么样，只要能听到你的真心话，我都会很开心，你不用客气，好好说清楚。"

我应该已经明确地说过你很烦了……羽依满心苦涩，但前原也是她的上司，所以自己在不知不觉间，态度变得过于委婉也说不定。她这么想着，应了声"好"。

随着约好的日子接近，忧郁愈来愈深，对前原的怒意也增加了。羽依在前往前原家的电车上下定决心：总有一天我要以部属的身份去参加他的葬礼！一定要用橄榄油涂抹他的牌位，搞得油油亮亮！把烧香①的叶子调包成深蒸

---

① 日本佛教葬礼中，一般用抹香来烧香，捏起一小撮抹香，撒在香炉上焚烧。抹香以前使用沉香，现在多使用干燥磨碎的日本莽草树皮或叶子。

绿茶，让整个灵堂满是茶味！在棺材的小对开门上用马克笔涂鸦画出他生前的脸！放鲜花入棺的时候，把厨房定时器一起放进去，设定在出棺的时间哔哔哔作响！

车内广播通知抵达离前原家最近的蹴上站，羽依叹着气，站了起来。

"我不打算跟你争论我们是不是已经分手了。这半年来，我们私下根本没见过面——尽管在公司每天碰面，也都住在同一个市内。这种关系，有谁会认为是在交往？任谁来看，情侣关系都是自然终结了。"

兴冲冲地在家等候的前原，准备了酒水和各式下酒菜，在打扫得干干净净的房间迎接羽依，但羽依没有迎合他的兴致，以疏远冰冷的态度，劈头就说出想说的话。

"对我来说，是不自然终结。因为你看起来在生气，我很烦恼该怎么跟你说，结果时间就这样过去了。我也是有诸多顾虑的，因为我不只是你的男朋友，还是上司，我觉得如果我害你在职场上束手束脚，那你就太可怜了。大家一起去滋贺烤肉的时候，你的态度就很奇怪。难道是因为我跟关说话，所以你才生气？我不知道公司的人怎么说，可是我跟她真的什么都没有。"

关是谁？羽依一时想不起来，沉默了一下。哦，琵琶湖那个被抓来挑起嫉妒的女人，最近用"必须到父母开的咖啡厅帮忙"这种莫名其妙的理由辞职的女员工。

"不对，烤肉之前，我对你就已经没有感情了。因为我一答应要跟你交往，你就变得很难联络，我说假日想见面，你也支吾闪躲，一点儿兴趣都没有。我一直觉得那根本不叫交往。"

"那是我不好。你变成我的女朋友后，我总觉得放下心来，只顾着把之前想你时堆积如山的工作先处理掉。刚开始交往，照理说应该甜甜蜜蜜的时期害你寂寞了，真的很对不起。"

真会狡辩。明明成功交往，得到成就感的瞬间就厌倦了，主动疏远，却把事实扭曲成对自己有利的样貌。如果自己还爱着前原，就连这种假惺惺的借口，也会昏头昏脑地听信了吗？

"不必向我道歉。已经是过去的事了。"

前原继续辩解，也愈喝愈多，但羽依只喝自己带来的无酒精饮料，对他的话也是听听就算了。她想说的已经说了，再待下去也是浪费时间。前原注意到羽依冷漠的态度，露出咬牙切齿的表情，羽依感到满意，站了起来。

"我要回去了。明天公司见。"

"喂，事情还没有讲完。"

"已经说完了。前原先生应该谈过许多恋爱，其实也明白这种时候不管说得再多都没有用吧？"

前原冷不防一把抓起羽依放在桌上的手机，利用他的身高，伸长了手臂将手机放到羽依跳起来也够不着的窗帘杆上。羽依急忙站起来，伸手想拿，却完全碰不到，前原在一旁贼笑着看她。

"把手机还我。"

"才不要。不听话的部下，就得严格指导一下才行。"

羽依很生气，却也感到一阵恐惧。现在是软禁吗？我无法离开这里了吗？羽依不吭声，转身就往玄关走。

"喂喂喂！"

前原急忙出声。羽依穿上鞋子。

大手轻轻挡住门锁的部分。

"刚刚不是说话还没讲完，你干吗要走？"

声音低得像在地上爬行。由于前原从羽依背后伸手挡住门锁，两人的距离一下子拉近了。羽依的肩膀和前原的胸膛碰在一起，玄关的光线被他的身体挡住，变得阴暗。羽依背脊发凉，抬头一看，前原面露诡异的笑，俯视着羽依。羽依只想一把推开他离开这道门，但比力气，自己绝对没有胜算。万一失败，毁了先前谈话的气氛，反而刺激了暴露粗暴本性的前原，自己该怎么办？先前她只感觉到上司与部属间的权势差距，但这时羽依才想起男女之间的力量差距，动弹不得了。前原误以为气氛转好，把脸凑近羽依，朝她吹出带着酒臭的呼吸说：

"才聊到一半就走人，我会寂寞啊。"

羽依设法挤出笑容，用力推开他的身体说：

"真拿你没办法。那我再坐一下好了。"

只能重新找机会了，寻找脱身的时机。羽依脱下鞋子，再次折返屋内，前原露出松一口气的样子。

"嗯，还有时间嘛，才刚开始喝而已。这次坐沙发上聊吧。"

沙发是双人座，摆着对膝毯而言有点儿大的毯子，看起来也像张小床。

"不，我坐这里比较自在。"

羽依重新在原本的位置坐下。

"你就是这么倔强。嗯,这也是你的魅力啦。"

对羽依来说紧张万分的这段时间不断流逝。随着酒一杯杯下肚,前原开始口齿不清,一再重提两人过往寥寥无几的亲密时刻,跟羽依的肢体接触也多了起来。羽依期待前原能就这样醉倒,但他偶尔观察羽依时恢复正常的眼神就像平常那样冰冷,即使喝了两罐啤酒、一瓶红酒,感觉也只是在装醉而已,令人不禁怀疑他其实根本没醉。

外头已经整个暗下来了,因为手机不在身边,不知道现在几点,但从疲惫程度来看,绝对超过七点了。连晚饭也没吃,聊了这么久,怎么想都很异常,但前原完全没有疲倦的样子,羽依也为了隐藏内心的害怕,拼命装出在家喝酒的自然态度。

前原突然摇摇晃晃地站起来,羽依一时戒备起来,但他进了厕所。喝太多酒,似乎忍不住了。好机会。

羽依拎起皮包,无声无息地站起来,丢下手机和鞋子,开门跑了出去。开门的瞬间,里头传来厕所门打开的声音。

她穿着丝袜跑过短廊，冲下楼梯。三楼、二楼、一楼，几乎是哭着跑过公寓前无人的小巷，来到大马路。车灯和餐厅的灯光令她松了一口气，她朝着车站跑去。虽然很想立刻跳上出租车，但这里不能拦车。被红绿灯挡下，正焦急的时候，后方远远地传来"喂！"的呼叫声，前原现身，冲过马路而来，一眨眼就追上了她。羽依准备放声尖叫。

　　"你也太好笑了，怎么连鞋子都不穿就走了？用不着急成那样，我早就要放你回去了。喏，你的鞋子和手机。"

　　前原发出刺耳的声音，哈哈大笑，把鞋子放到地上，递出手机。羽依不甘心地发现自己的手抖得厉害，但还是从前原手中抢过手机，穿上了鞋。

　　"居然不穿鞋子跑这么远，羽依你真的很好玩啊。一言一行都出人意表。脚底有没有受伤？"

　　"不要再追来了。"

　　"不会啦，你好像吓死了。我可不想被你说得像罪犯一样。"

　　"你刚才明明就把我关起来了。"

　　"啊？你适可而止哦，说得这么难听。是你自己说要留下来的。要是我真的想把你关起来，怎么会去上什么厕所？"

前原假惺惺的优哉爽朗口气令羽依背脊发凉，一等到绿灯，她立刻以最快的速度向前走去。

羽依再三回头，确定前原没有跟上来，坐上出租车回家。看看手机时钟，已经快十一点了，等于她被关在前原家整整八个多小时。即使上了出租车，羽依仍抖个不停，只是全心全意期盼快点儿到家。

理所当然，家中气氛如常，散发着浴室的肥皂香；餐桌上，她的晚餐包着保鲜膜放在那里。

羽依失魂落魄地坐在沙发上，这时浴室里的吹风机声停住，拖鞋脚步声靠近客厅，刚洗完澡的绫香进来了。

"羽依，你回来了。这么晚回来，怎么不联络一声？已经吃过晚饭了吧？"

羽依默默地摇头。

"咦？还没吃吗？那快点儿吃吧，今天吃汉堡哦，帮你留了。怎么了？你看起来很累。"

泪水盈上羽依的眼眶，喉咙涌出呜咽声。绫香吓了一跳，蹲下来看羽依。

"怎么了？出了什么事？"

"我被关在前男友家里。"

绫香的目光迅速地在羽依全身扫了一遍。

"他做了什么？要不要去报警？"

"他没做什么。真的只是说话而已。可是我刚刚真的好怕。"

"告诉我详情。"

羽依哽咽着说明在前原家发生了什么事。绫香得知羽依并没有被侵犯，松了一口气。

"他没有绑住我的手脚，也没有大吼大叫，可是我怕得不敢离开。他把我的手机藏起来，还不让我碰门把，只是这样而已，光是他跟我的力量差距就让我怕得不得了。"

"我明白你的心情。这是当然的，一个大男人设计让你无法离开，就算没有动用蛮力，对一个女人来说，也是很可怕的事。"

绫香满脸怒容地站起来说：

"我跟爸妈去警告那家伙，他要是敢再靠近你，就去报警说他跟踪狂。你也真是，怎么会跑去那种人家里呢？

你不是在跟梅川交往吗？去前男友家做什么？""他说他不承认跟我已经分手，一直纠缠要我跟他谈判。他又是我上司，我很难拒绝。姐，不要去警告他什么的，万一把事情闹大，真的不晓得他在公司会怎么整我。"

"原来他是你上司？"

"是我直属上司。他的职位很重要，跟宫尾先生也有关系。如果跟他起争执，不只是我，还会牵连到别人。"

"这下我总算明白了。他根本就是知道你无法拒绝，才精心设计接近你。这是职权骚扰。太可恶了，在公司的关系怎么样都无所谓，你的安全才是最重要的吧？如果你不想要爸妈出面，把事情闹大，我一个人去跟他说。他比你年长，却这么恶劣，真是太可恶了。"

姐姐真心为自己生气，令羽依感到欣慰，但她也知道惹上这种难缠的家伙，自己也有一部分责任，因此有些内疚。

能平安回家真是太好了。一直想着差不多该翻修的老旧木走廊、乳白色的墙壁、积了薄薄一层灰的铃兰造型灯具，甚至几年前的冬天为了逮到溜进天花板的鼬鼠，开洞之后重补上去的木板，一切都这么令人怀念和可爱。当时为了抓到在整栋屋子东奔西窜的鼬鼠，全家都闹翻天了呢。

蹑手蹑脚走上楼梯，免得吵醒入睡的家人，也令人感到心情宁静。前原独自一人在蹴上的住处，现在正在想些什么？他可能会默默滋养内心的疯狂，令人胆寒。前原自己或许没有察觉，但他是那种真心爱上一个人，就会开始折磨对方的类型。平常他都以自己的力量逼迫身边的人服从，所以即使喜欢上一个人，也只知道用扭曲的方法来强行缩短两人之间的距离。前原只要现身人前，就会开始扮演完美先生，连旁人看了都觉得难受。

羽依回到自己的房间，躺到床上。我也有这样的时期吧。明明是日常生活，但为了让自己随时符合宛如电视艺人的形象，每天更换体内的电池。尽管私底下表情阴郁，然而一到人前，就表现得活泼开朗。虽然高中以后就不这么做了，但奇妙的是，有些人即使成年之后，仍坚持要扮演下去。就是那种不肯示弱、对任何人都展现相同笑容、鞭策自己努力、不允许妥协的人，仿佛时时刻刻都有摄像机在拍摄他们。正因为自己以前也是同类，所以我对前原的坚强和持续扮演的毅力感到尊敬，才会喜欢上他。喜欢以后，也不肯去理解真实的他，硬是占了观众席里面最好的位置，一得知他的本性，就中途溜走，只留下正中央空掉的座位。

泪水横溢而出。百分之百是自我厌恶的泪水。进公司以后，撇开工作上的烦恼，只扛了一身恋爱和人际关系的问题。不管和同性还是异性都起了纠纷，连续经历职场恋爱（而且还是现在进行时），最重要的工作表现却还在地面爬行。到底是去公司干什么的？不用别人说，自己也深为自责。

应该辞职比较好吗？

终于渐渐被逼到绝路了。一开始阳光灿烂的办公室，现在不管是早晨还是白天都一片黑暗，只有微光闪烁，而她只看得见那些部分。

京都的圣诞节，灯饰和圣诞树都很少，不太华丽。整个街道看起来颇为节能，即使是特别的节日，也甘于融入沉静的幽暗之中。除了摆上巨大圣诞树，装点得璀璨夺目的京都车站，其他地区已经紧锣密鼓地准备迎接除夕和新年。平安夜之前虽然还勉强维持着圣诞节的气氛，然而到了二十五日当天，店头和民宅玄关就已经挂起注连绳和门松①。比起五颜六色的灯饰，京都的街道更适合严寒清晨的寺院神社新年参拜，还有毛笔撰写的"谨贺新年"。

羽依和梅川很早就计划好二十四日请假，共度平安夜。前原的事，羽依也大略告诉梅川了。两人曾经短暂交往，但没有发生任何事。前原得知她和梅川交往后，便开始对羽依纠缠不休，令人困扰。她相信前原说好好谈过之后，就会和她一刀两断，去了前原家，却差点儿被软禁起来。梅川听完之后，不是对前原生气，反而生羽依的气，骂道："为什么你明知道危险，还要跑去他家？"羽依道歉，说她以为只是谈谈而已，不会有事，对不起；但平日温和的梅川真心为她担心动怒，也令她悄悄地感到开心。羽依本来还为了前原的事无精打采，但随着圣诞节的脚步接近，心情也恢复过来，对和梅川共度的第一个平安夜期待万分。

---

① 注连绳和门松都是日本传统过年饰品，挂在门口以驱邪。

十二月二十四日，梅川到家里来接羽依，羽依和他走在路上，看见一辆熟悉的车停在路边，前原就坐在驾驶座上。坦白说，她没料到前原会做到这种地步，完全疏于防备了。

"把人家耍得团团转，自己却在享受圣诞节？你这女人真的很有胆啊。"

前原打开驾驶座车窗，完全无视梅川，只对羽依一个人说话。梅川表情僵硬地向前原点头致意，但前原看也不看他。

"之前不是谈完了吗？居然在人家门口埋伏，你是疯了吗？"

"喂喂喂，我得声明，我可不是来跟踪你的。我干吗要追着你这种无聊的女人跑？"

前原的脸因愤怒和激动而紧绷，却因为勉强扬起嘴角，变成了一副歇斯底里的面相，完全暴露出亢奋过头的神经，帅俊的五官整个糟蹋光了。

"因为你最近实在太不像话，连带影响到我的工作，我才想今天一定要好好训训你。然后我身为上司，如果你有烦恼，我应该听你倾吐，所以才特地来找你的。我很好心对吧？唉，毕竟也曾经男女朋友一场嘛。"

"什么男女朋友，只不过是在两个月里约会过三四次而已。"

前原显然准备在梅川面前要羽依难看，羽依为了不让他得逞，语气彻底冷静，不表露感情。

"羽依这个女人真的很随便呢。喂，梅川，这女人跟什么人都会交往，尝尝味道，然后两三下就把人给甩了。"

"请不要胡说八道。就算你是我的上司，有些话还是不能乱说。"

"啊，我这可不是在摆前男友架子。毕竟她的前男友不晓得还有几百个，一点儿都不值得炫耀嘛。"

前原嘲笑着，眼神却炯炯发亮，用力抓住方向盘的手，血管都浮出来了。羽依气到眼前一黑，但应该生气的梅川却默默不语，注视着前原。

"你给我适可而止。"

"啊？"

"你嚣张够了没！你是神经错乱了吗？是要纠缠甩掉你的女人到什么时候？"

发飙的不是梅川，而是羽依。好，要撕破脸就来啊。

大不了就是辞职。不过在那之前，要先把这个烂到底的家伙彻底搞死！

"大发慈悲放任你说，你还真不知道分寸了是吧？你以为我会就这样默默任你辱骂吗？被你软禁以后，我已经搜集好报复的材料了。"

看到羽依前所未见的厉鬼般的表情，前原受到了惊吓，缩回伸出车窗的脸。

"你以前也像对我这样，跟新进女员工发生关系，玩玩之后抛弃，把人家逼到辞职对吧？我都详细调查过了，内情掌握得一清二楚。佐佐木美晴，这个名字你还记得吧？"

看到前原立时绷紧的表情，羽依知道正中要害了。

"看来还记得呀……毕竟才三年半前的事嘛。当时说得好像是她主动辞职一样，不过我听说她曾经跟你交往，就直接去找她了。哎呀，她对你可是恨之入骨。刚辞职的时候她又难过又害怕，连一声都不敢吭，但接着怒意慢慢上来，怎么样都无法气消，她现在觉得为什么她非辞职不可！"

关于佐佐木这个人，羽依以前就调查过了。因为前辈女职员的坏话里，有时会提到佐佐木的名字。她若无其事地向公司前辈打听佐佐木的事，对方迫不及待地告诉了她。佐佐木的联络方式，她翻查旧员工名册也找到了。被前原关在公寓以后，羽依便联络佐佐木说明原委，两人约在咖啡厅碰面。就算跟前男友闹翻，但是跟对方的前女友碰面，这实在太过头了，而且也不是什么愉快的事，因此羽依完全提不起劲，不过现在看来，跟佐佐木碰面真是做对了。

"佐佐木小姐知道我受到相同的手法逼迫，更是气得要命。她说她随时愿意跟我一起到公司告发你。她手上还留着当时的一堆证据没有丢掉。她还在公司的时候，因为被你洗脑，整个人畏畏缩缩，但她说现在已经没什么好怕的了。"

"哼，你以为可以拿这件事来威胁我？佐佐木是因为公司不需要她，才不得不辞职的。随着时间过去，她反过来把这件事怪罪到我头上，八成只想维护自己的自尊心罢了。"

"是吗？我现在的状况跟她完全一样啊。我在工作上非常顺利哦，也做得很开心。可是因为你不断对我进行职权骚扰，我开始讨厌上班了。啊，对了，之前的对话我都录下来了。"

"什么？"

"你开车过来以后，对我跟梅川说的话，我都用手机录下来了。"

羽依取出手机，打开相机模式，迅速拍下前原的脸。

"好了，这下也拍到你在平安夜当天跑来我家堵人的照片了。跟佐佐木小姐一起去公司告发你的时候，我会把今天的证据也提出来，再请公司的人公断，究竟恋恋不舍的跟踪狂是谁！除了公司，也去一下法律事务所好了。"

其实羽依根本没有录音，口中就这么接二连三冒出唬人的话来。

"你也知道我的绰号叫'窃听狂'吧？不，这次应该叫'偷拍狂'才对呢。你以为自己躲得过吗？"

前原变得面无表情，接着露出甚至可形容为优雅的傲慢表情，没有出声，只用唇型撂下一句："给我记住。"羽依感觉到地面塌陷般的恐惧，但故作镇定。

前原的车开走了。羽依一直瞪着车子后方，直到车子完全从视野中消失，才终于叹了一口气说：

"总算走了。实在太死缠烂打了。"

羽依得意扬扬地回头，眼前却是难掩困惑的梅川。

两人默默走到车站，经过检票口时，梅川喃喃说：
"前原先生被你甩掉，一定非常不甘心。居然在平安
夜跑来。"

如果梅川能心想着自己竟然得手上司恋恋不舍的女人
就好了，羽依怀着这样的期待偷看，但梅川脸上浮现的只
有疲累和怜悯。没有想要满足自尊、与人较劲的竞争心，
这是梅川的优点，但当事情无法圆融解决时，他受到的打
击似乎也很大。

梅川在前原面前神色没怎么变，然而随着两人独处的
时间一久，他的话愈来愈少，最后完全沉默下来。看着不
愿正视自己，而是一言不发望着窗外的梅川的侧脸，羽依
预感到这段恋情的终结。他再也不会像之前那样满怀热情
地注视羽依了吧。在过去的几场恋爱中，交往的男人总是
在意想不到的瞬间，爱意突然冷却。

女人会一时之间真心厌恶起对方，和解之后又一口气
重燃爱火，但男人不一样，一旦心冷，几乎不会再次投注
相同的热情。或许会像前原那样，因为得不到而执着起

来，竭力夺回，但表面上即便看似一样，本质仍与过去不同了。男人在恋爱的时候，脑中一定是塞满了对女人的幻想和憧憬。

梅川原先一定也对羽依抱持浪漫的幻想。现在，他应该有很多想问、想厘清的问题，却不肯触碰核心。这样的回避反而让羽依痛苦。

"嗯，在公司还是照平常那样表现吧。前原先生也总不会把私情带进公司里来。如果他又跑去你家，或是私下接近你，你要马上联络我，我会立刻赶去。""谢谢。没事的，真的撑不下去的话，我会离职。不过在辞职之前，我会尽全力让全公司的人知道他的恶行。"

梅川沉默了一下，开口问：

"你真的打算离职？"

"如果可以，我当然想继续做下去，不过要看他怎么出招，搞不好要做下去会很难。之前他也散播过讨厌的流言，害我跟其他同事起纠纷。"

"这样啊，那太可惜了。"

这样一说，自己好像真的成天到处跟人起纠纷，令人厌恶。

"嗯，不管怎么样，我是绝对不会辞职的。"

听到梅川的呢喃，羽依这才惊觉：对了，即使我离开，梅川还是得跟前原和其他员工每天共事，现在这情况一定害得他压力很大。

"对不起，把你扯进我的事情。"

"不，没关系，错的是前原先生。我不知道之前还有女员工因为前原先生而辞职。要是你重蹈覆辙，实在让人无法接受，所以我希望，你尽可能不要辞职。"

"嗯，我会加油。"

"我也不能不负责任地说什么，不过我觉得，你一定没问题。前原先生要走之前，真的被你吓到了。你生气起来，反差真的好大，表情整个变了，声音也好低沉，恐吓的语言也无可挑剔，简直就像黑道啊！"梅川无力地笑道。

"对不起，要是能更平静地把他赶回去就好了。明明你是想要和平解决的。"

"嗯，前原先生好像很缠人，或许就是得说到那种地步，他才可能放弃。不过，我还是不太喜欢这么偏激呢。"

梅川委婉地补了这么一句。

京都市右京区某家企业主办的灯展，羽依虽然住在京都，却从来没有去过，实际前来一看，规模远比想象中的盛大，令人惊讶。梅川说这是市内最大的灯展。企业周边的土地被挂上灯饰的行道树给填满，动物造型的灯饰闪闪发亮；羽依踩着褐色长靴轻快地穿梭其间，每当发现新的灯饰便开心欢呼，内心却一直隐隐刺痛。梅川的反应也和平时有微妙的不同。

也有欢乐得让人忘了不快的瞬间。这种时候一回神，会发现彼此的笑容却是僵硬的。这是因为前原，却也不是因为前原。羽依和梅川尚未建立起足以顺利克服这种尴尬的深厚感情基础。

梅川预约的饭店房间装饰着圣诞树。

虽然不是套房，但窗外景观优美，装潢也是巴黎风，是女性喜欢的风格，显然是很抢手的房型。梅川一定是好几个月以前就预约了。愈是感受到梅川为了交往后的第一个平安夜费心准备的努力，她就愈强烈地忆起今天与前原的对决。梅川的诚意不着痕迹，完全不强调"我为了你这么努力"，但也因此更让羽依歉疚得无地自容。不管自己再怎么娇媚地开心装可爱，她恐吓前原时的泼妇形象已经烙印在梅川的脑海中了吧。

冲完澡后，两人跳上特大号双人床，好好地激情了一场。羽依早已决定，即使明天两人就要分手，今晚还是要与梅川欢爱，她忘掉一切，深深吸入梅川肌肤的温暖。梅川的皮肤气味不知为何令人怀念，羽依希望他只是慢慢地抱紧自己，却又急着想要快点儿与他合而为一，两种情绪交缠激荡。

一心一意的欢爱结束后，两人说不出的满足，恢复了过往的亲密与快活。两人赤裸着在极近的距离注视着彼此，再也没有阻碍了。只有床上是内在的世界，其余的全是外界。

羽依在圣诞树旁的长椅躺下，累积一整天的疲劳决堤而出。困意令眼皮沉重起来，缤纷闪烁的灯饰变得忽近忽远，就好像催眠术。

"圣诞树上的装饰物，好像全部都有意义哦。我记得糖果是牧羊人的手杖，圆球是智慧果苹果，顶端的星星是伯利恒之星，冬青代表耶稣基督的头冠。"梅川说。

"哦，好有趣哦，是以《圣经》为主题啊。我之前都不知道，原来圣诞树这么神圣。"

羽依注视着光亮的红色圆球，意识渐渐模糊。圆球表面倒映出小小的扭曲的脸，就好像自己被关在球里。

"啊，明天真不想去上班……"

梅川喃喃说道。羽依打从心底同意。

***

年关将至的十二月二十七日，全家到齐的晚餐席上，绫香尽可能轻描淡写地询问，能否邀请宫尾在元旦中午一起来家里吃年菜。

"圣诞节的时候我听宫尾先生说，他在工作上好像有个放心不下的案子，元旦傍晚还要去公司一趟，所以初二以后才会回高槻的老家。我们聊到想在上午或中午见个面，所以我邀他一起去神社参拜，顺便到家里吃年菜，他说如果我们家人同意，他非常想来。妈，可以吗？"

突然被问到的母亲急忙答道：

"我当然可以啊。年菜多一个人少一个人都没差别。虽然常听你提起宫尾先生，但还没有见过他，要是可以碰个面，妈很期待。"

"谢谢妈。当然，前一天我会帮忙做年菜，妈可以放心。爸，可以吗？"

毕竟绫香已经告诉过家人，如果他们正式交往，会立刻报告，因此恋爱的进展都让家人一一掌握，让人害臊不已。父亲和母亲差不多慌张地说：

"爸当然也很欢迎啊。你想怎么办就怎么办吧。不过午饭十二点准时开饭，别迟到了啊。"

"嗯，我会注意。谢谢。羽依会带梅川来吗？"

"才不会呢。"羽依在脸前挥着手，"我们会一起去参拜，不过接下来的春节，要各自在家里过。宫尾先生大过年的就要工作啊？我们公司还真是黑心企业。"事情比想象中顺利，绫香松了一口气，但提出这件事时，家人的反应看起来有点儿惊吓，令她暗自忧心。

"小凛，我想跟你谈一下。"

午饭后去凛的房间时，那种古怪的感觉依然没有散去。

"怎么了？这么郑重其事。"

"呃，过年我请宫尾先生来家里，是不是太快了？我们都还没有正式交往，却带他来见父母，他会不会觉得我急得不得了？羽依跟梅川明明在交往，过年却是各过各的。"

凛露出"怎么，原来是这件事"的表情。也许她本来以为是要谈她的毕业出路。"没什么不好啊，宫尾先生也说他想来嘛。就放轻松请他来就行了。宫尾先生也算是羽依的同事嘛。"

"不过别人听了，不会觉得我操之过急吗？"

"姐跟宫尾先生已经形同正式交往了吧？约会过好几次，圣诞节也一起过了，不是吗？"

凛被自己的话羞得脸红，但绫香内心觉得妹妹根本没必要脸红。因为他们之间根本什么都还没有发生，圣诞节那天，两人也只是吃个晚餐，晚上十点就回家了。

"谢谢。嗯，反正都已经决定了，我就别想太多好了。"

"你和宫尾先生真的好慎重呢，姐。"

"因为我们的关系很微妙。如果正式成为情侣，或许心情会轻松一些吧。"

过去的约会，还有圣诞节那天，都几次出现微妙的氛围。例如对话忽然有了空白，两人之间却散发出更甚于对话中断的紧张；或是坐在长椅上，宫尾做出要搂肩的动作，手却就这么偏离轨道，搁到长椅背上。即便满心期待，但她又痛苦地希望，如果是不好的结果，那她根本不想知道。与他见面的时候，心情总是细微又剧烈地摆荡，但每一次又都埋没在日常当中，化为平凡无奇的一刻，不知不觉间，她不再对他的一举一动加以深究。

说到过年要去绫香家的时候，绫香本以为宫尾会找理由拒绝，所以对方表现出意外热情的反应，积极答应时，绫香也告诉自己不要抱太多期待。也许宫尾不是考虑到往后的交往，所以想跟她的家人打声招呼，只是单纯为了可以在元旦品尝到年菜，好好过年而开心。不，一定只是这样。

绫香最不愿意的就是让宫尾觉得她急着结婚。不想让宫尾意识到，她已经是如果交往就非结婚不可的年纪。与宫尾认识之前那样强烈的结婚欲望现在已经销声匿迹，她希望能以更淡定的心情经营两人的关系。

就像凛说的，到时候就轻松迎接宫尾，不要让这次的拜访有太深的含义，以顺利结束为目标吧。

除夕当天，正在大扫除的时候，绫香看到羽依躲进和室小房间，从橱柜挖出各种和服及腰带。

"羽依，你为什么突然看起了和服？真难得。"

"我打算和梅川去神社参拜的时候穿和服，所以想趁现在先拿出来，挂到和服衣架上。"

"什么嘛，羽依，你说我穿和服去约会太夸张，自己却要穿和服吗？"

"姐那是第一次约会吧？过年又没关系，每个人都会穿。姐也要穿吧？"

"被你这么一说我才想起来。这么说来，今年过年要穿和服吗？每年过年，我不是在自己家就是在亲戚家过，都忘了可以穿和服这回事。总觉得好像只有新年电视特别节目里面的艺人在穿。"

"什么话，就是过年才要穿和服啊。最爱和服的姐姐在发什么傻啊。一起穿吧。"

"穿和服感觉太刻意了，会吓到宫尾先生的。"

"这是本来打算第一次约会穿和服的人说的话吗？俗话说恋爱会让人变得胆小，真的是这样呢。"

被妹妹说中，绫香有些恼羞成怒，扭开脸怒道：

"制止我第一次约会穿和服的不就是你吗？你那时候

说的话我还记得，害我现在都有和服恐惧症了。"

"太夸张了吧？那我们一起克服恐惧症吧。两个人一起穿的话，宫尾先生也不会觉得不自然。"

绫香的心逐渐动摇了。确实，如果羽依也穿，宫尾或许不会揣测这套装扮有什么特别的暗示。

"那就这么做吧。我来帮你穿。"

"太好了！新年参拜是一大清早，人很多，去美容院很麻烦，我还在烦恼该怎么办呢。"

跨年的瞬间，奥泽家全家人一起静静地迎接新年。十二点一到，母亲便打开窗户，聆听钟声。邻近的寺院会同时敲响一百零八次钟声，因此各色钟声参差错落地从四面八方回响而来。一家人各自泡过热水澡，做好就寝准备，钻进冰凉的床上，将被子盖到下巴处，进入梦乡。

元旦当天，绫香情绪亢奋到睡不好，六点左右就醒了。父亲的嗜好是参拜徒步一小时范围内的所有神社，天色一亮就出门了。这附近神社很多，他应该要参拜十座左右，中午前就会回来吃年菜吧。刷完牙，绫香为了最后一次检查大扫除有没有遗漏之处，从二楼房间看到走廊，经过楼梯来到一楼，最后瞥了玄关一眼。

凛说过，有鬼魂聚集在玄关角落。尤其是冬天的傍晚，也许是因为盆地的地形，温度骤降的户外冷空气从门缝溜进家里，在曾是泥土地、现在是大理石地板的玄关角落，幽怨的鬼魂阴冷地濡湿了一隅。

其他人一笑置之，说那是结露，才不是鬼，但凛为了驱走鬼怪，在那里堆了一小堆盐驱邪。但是家人抗议说那样反而更可怕，她便用盐擦拭该处，或是摆上心爱的亮色雨伞，防止鬼魂逗留。

玄关门顶部嵌了红色与橘色的彩色玻璃，采光充足，宽敞明亮，凛怎么会说有什么鬼呢？绫香一直觉得莫名其妙，但是在如此幸福的元旦早晨，为了不放过任何一丝脏污而检查家里的时候，她发现玄关确实特别冰冷，令人介意。

凛那把把手有小樱桃图案的木制雨伞，似乎正坚强地阻挡着来自门外的不幸。绫香从围裙掏出原本打算今天带出门、以水蓝丝线刺绣了姓名缩写 A① 的纯白色手帕，系

---

① "绫香"的日文发音是 ayaka，故姓名缩写字母为 A。

在雨伞柄上。

和羽依一起穿好和服，梳妆完毕，八点时绫香坐公交车前往八坂神社，羽依搭电车前往伏见稻荷神社。八坂神社门前，宫尾已经在等待，一看见绫香便向她挥手，但平常一下子就走到的距离，穿和服只能小碎步行走，迟迟难以靠近。

"绫香小姐，不必急，小心慢走！"

宫尾的声音让绫香放下心来，她踩着为了御寒在前端罩上护罩、鞋带上画有雪花结晶图案的草鞋，慢慢地走上石阶。

"没想到你会穿和服来。抱歉约这么早，一定准备得很辛苦吧。"

宫尾也走下石阶迎接绫香。

"好美的盛装和服，绫香小姐的脖子很修长，穿起来好适合。"

这辈子第一次被人称赞脖子，一时之间羞得满面赤红，绫香笨拙地微笑。

"我本来很犹豫，觉得或许太招摇了，不过现在是新年，大家也会穿，我想穿一下也无妨。"

"嗯，和服很华丽，最适合元旦了。虽然穿和服的人很多，但绫香小姐看起来是其中最出色的。"

绫香猜想这可能是客套话，观察宫尾的脸色，但宫尾注视着自己的神情是发自心底的喜悦，这让她松了一口气。面对东大路通的西楼门，刚翻修后的朱漆很新，展现出八坂神社玄关口的风格。虽然也有人厌恶它，说西楼门的崭新和鲜艳用色让人感受不到历史的厚重、缺少日本的侘寂之美，但绫香喜欢这座在新年和赏花时期迎入许多香客的楼门浮夸的华美。

爬上石阶后，回头一看，笔直延伸而出的四条通就像颈骨般贯穿京都正中央，支撑着头部。沿街两旁挤满了香客和游客，相当于脖颈肌肉的祇园和河原町顽强地支撑着这里的经济。狭小的路上，车子按着喇叭，公交车不把修长的车体当一回事，灵巧地拐进东大路。

京都从什么时候开始变成这样一座热闹的城市了？

绫香对这一年多过一年的人潮感到惊奇与些许的哑然，却也无法掩饰内心对它的骄傲，就这样穿过两旁竖立着背负箭矢的随从木像的大门。

两人对着挂有成排灯笼的舞殿说着"舞殿还是晚上灯

笼亮起来的时候才有气氛"，一起排参拜本殿的队伍。绫香偷看一板一眼遵守参拜规矩的宫尾，配合着他。两人顺便抽了签，结果绫香是小吉，宫尾是半吉，两人的签诗都有"等人不至"，彼此对笑：这不就来了吗？宫尾为了绫香，走在稍前方开道，绫香注视着他的背影心想：你其实可以牵着我一起走呀。回程的路上两人买了甜酒，一起喝着，驱赶尽管是个大晴天，风却冰冷刺骨的寒意。宫尾说他怕烫，与那庞大身躯格格不入地噘着小嘴喝热甜酒，模样可爱。酒曲散发出来的令人怀念的甜香，在喉头形成一层舒适的薄膜。

绫香和宫尾先回到家，接着羽依也回来了；穿睡衣的凛一看就是才刚起床的样子，她也洗了脸，换好上衣和裙子，众人陆续到客厅集合。一个房间里有三名盛装打扮的女士，便让只装饰了镜饼①、与平时没什么不同的客厅顿时充满节庆氛围。

绫香穿的和服虽是小碎花，不过料子是适合新年的豪

①　圆饼状的年糕，一大一小两两叠在一起，在过年时用来祭神。

华光泽绫布绸缎，绘有大胆的扇面图案。羽依将一头卷发绾起来，刘海儿也贴着梳向一旁，穿着白底可爱花朵图案的高级绉绸和服。两人的和服都成功地衬托出她们异于平时的魅力。母亲见状也急忙换上象牙色和服，搭配黑底金色龙村锦带，那沉稳但高雅的模样威严十足，不愧是母亲。

"我看到马路另一头有个美女走过来，原来是绫香小姐，吓了我一跳。我不懂和服，不过真的非常适合她。"

受到称赞，绫香很开心，却又因为不明白宫尾的心意，内心焦急不已。在家人面前这样夸她，要是最后以"很抱歉，我还是没办法跟你交往"而让关系告终，会害得她在家人面前抬不起头来。

不行不行，绫香恢复笑容。明明决定要轻松地请他到家里做客，一不小心又过度期待起来了。

"梅川看到奥泽小姐穿和服，应该也非常开心吧。"

宫尾也许是掩饰害羞，擦着额头的汗珠对羽依说。

"好像也还好。"

"怎么可能？在公司，大家都说梅川对奥泽小姐是死心塌地呢。"

羽依露出稍微松口气的表情说：

"他真的会开心吗？伏见稻荷神社人多到不行，好不容易参拜完，回程的电车也都挤满了人，顺利回到家后，我才总算松了一口气。穿和服真的好难，我跟姐姐不一样，穿不惯和服，布袜和草鞋都磨得脚好痛，难受极了。现在也是，腰带勒得肚子好紧。啊，真想快点儿吃完年菜，脱下这身衣服。"

羽依即使穿上和服，仪态也没有变优美，把指头插进腰带与和服之间拉扯着，惹来父母苦笑。

奥泽家的新年料理每年菜色都是固定的，先从年糕清汤开始，材料有香菇、鸡肉、菠菜、烤过的年糕，非常简单。京都的年糕汤主流是白味噌，清汤是父亲的喜好。年菜的容器有三层，最底下是红烧京都胡萝卜、芋头、魔芋等。第二层铺满了青甘鱼和马鲛的西京烧①、鲱鱼卵、红白鱼板、栗金团②等必备的年菜料理。最上层则是鲔鱼角煮③、姜炖牛肉、伊达卷④，还有因为有客人，所以特别加

---

① 将白味噌腌过的鱼片加以烧烤的料理。
② 将栗子或芋头以糖水熬煮至黏稠状而成的年菜。
③ 角煮是日式炖肉。
④ 将加入鱼肉或虾肉的厚煎蛋以竹帘卷成蛋糕卷状，是传统年菜料理。

入的煮龙虾等。

　　绫香原本担心宫尾加入奥泽家的家庭聚会，第一次见面的父母也在场，可能会让他怯场，但宫尾对正式的京都年菜感动不已，喝屠苏酒[①]喝得双颊泛红，自然地融入了奥泽家。阴盛阳衰的这个家只是多了他一个人，便终于取得了平衡，存在感始终薄弱的父亲和宫尾聊着天，也显得很开心。

　　绫香一直想看到这样的场景。

　　她已经有家人了，是长大之后仍住在同一个屋檐下的重要家人。但如果有那么一天，原本的家族当中能加入自己找到的新成员，那该有多美好。宫尾虽然还不是家人，但这私心梦想的场景如今在眼前成真，令她心头温暖洋溢。即使就像平常那样被家人围绕，但只是身旁有个男人为她微笑，那若有若无的淡淡寂寞就能够被抚慰。

　　唯一令人担忧的，是平常每到过年总是特别欢欣的凛，此刻表情竟有些阴郁地低头坐着，偶尔展现的笑容也不太热情。一定是还在为毕业出路烦恼吧。父母好像也

---

① 中国古时传入日本的习俗，以数种药草调和的屠苏散泡酒而成，通常于元旦饮用。

渐渐明白，凛并不是为了反抗父母，或是刻意想前往遥远的地方获得自由，才想离开这个家，但似乎还是难以点头答应。

"小凛，要不要玩歌留多牌^①？"

每年吃完年菜后，凛总是不顾自己早就超龄，兴冲冲地拿来歌留多牌，大声念起"狗儿路上走，棍棒天上来"，今天却迟迟没有动静，因此绫香机灵地开口提议。"不用了，宫尾先生来家里做客，全是大人，却玩什么歌留多牌，他会觉得我们家很奇怪。"

"何必充面子呢？我们家本来就很怪嘛。总之来玩点儿什么游戏吧，光喝酒，等会儿会有人醉倒的。"

"那玩扑克牌吧。玩大富豪、二十一点、梭哈这类有输赢的游戏。楼上有扑克牌，我去拿。"

最喜欢各种牌类游戏的凛恢复精神，跑上二楼去了。

中午过后下起雪来，大朵松软的雪花飘舞之中，微醺的宫尾再三向奥泽家的人致谢，前往公司。

---

① 日本江户时代的纸牌游戏，现在是新年游戏。

收拾了午餐碗盘，看着电视上的新年特别节目，晚餐大家也继续吃年菜。正当整个人放松下来时，绫香的手机响了。是宫尾打来的。

"我这边的工作差不多九点会结束，等会儿可以再见个面吗？很抱歉约这么晚的时间。"

"我没问题，反正我也没什么事。"

"那我离开公司后，先回家一趟，再开车去接你。我们一起出门走走吧。"

"好的，我等你。"

说完后，绫香的心不知为何微微刺痛起来。

"可是没问题吗？你工作这么忙，不会太劳累吗？"

"一点儿都不会。拖到新年的工作令人气恼，但是一想到结束后可以见到绫香小姐，我就干劲十足。所以，请和我碰个面吧。"

宫尾的回答甚至完美地疗愈了绫香过去失恋的伤痛，她忍不住开心地回道："我也很期待。"

早已洗完澡、换上家居服的绫香，急忙化起妆来，为了避免在冬天的夜晚着凉，挑选了能够御寒，但也不会和白天的和服装扮落差太大、尚称体面的服装，等待宫尾来接。

宫尾把车停在离家稍远处，免得被其他家人发现，然后联络绫香。绫香对家人说"我出门散个步"，离开家门。

"抱歉，早上中午才碰面，连晚上都把你叫出来。我明天就要回高槻了，想到今天是假期最后一次可以见到你，就……"

"我没问题。宫尾先生才是，一早参拜神社、来我家，接着去公司处理工作，晚上又出门，一定很累吧。"

"我也没问题，而且今天是元旦，情绪有些亢奋吧。哎，要不要现在一起去岚山？白天有游客的岚山很不错，但完全无人的寂静岚山也很棒哦。你看过吗？"

"我没有在晚上去过岚山，但很想看看是什么样子。"

元旦的夜晚，也许是因为路上人车稀少，从奥泽家到岚山，开车不到二十分钟就到了。岚山最热闹的长辻通，店铺在夜晚当然全数打烊，没有半个行人，只有车辆偶尔经过。外头只有昏暗的户外灯微弱地亮着，一片寂静。岚山异于温泉区，没有多少旅馆，夜晚无比清静。车在渡月桥附近的巷弄停下，绫香下了车，被冷得刺骨的低温吓了一跳。虽然也是因为时间已晚，但岚山比市区要寒冷多了。

远方可以看见沉浸在黑暗中的群山，流过桥下的桂川发出滔滔水声。黑夜配上失去色彩的渡月桥，景色幽寂，完全无法想象这里白天是热闹的观光景点。灰色的雪花斜斜地飘下，积了一层薄雪的渡月桥上是水墨画中的世界。绫香从家里用保温瓶装了黑豆茶带来，两人在车里喝着，没多久雪停了，两人下了车。

"入夜以后，岚山的灯火就会全熄灭，星星看起来特别漂亮。"

听到宫尾的话，绫香抬头仰望天空，只见细碎的银星撒了满天，每一颗都清晰地绽放着冷光。哇！绫香的欢呼化成白色的呼吸融入空中。

咳，宫尾发出含糊的咳嗽声。他从刚才就咳了好几次，咳嗽声很怪，又干又沉，不是感冒。每次咳嗽，他都把手握起来凑到嘴边。

"要喝茶吗？"

绫香以为是空气干燥让他喉咙难受，便旋开保温瓶的盖子。

"谢谢 —— 不，还是不用了。我有话想要先说。"

听到宫尾那郑重其事的口气，绫香的手放在盖子上，整个人僵住了。怎么会没察觉呢？重要的话下一秒就要登场了。她怎么能在这无人的宁静积雪中，优哉游哉地在河边行走？

"是关于交往的事。我会和绫香小姐认识，是因为羽依小姐的介绍，也因为这样，从当初见面的时候，我就一直在考虑交往这件事。"

已经上了传送带，没法下来了，只能头也不回地冲向目的地。耳朵听见血流加速的声音。口干舌燥，牙齿为了寒冷之外的理由咯咯打战。

"我不清楚绫香小姐怎么想，但我希望和你交往。我希望往后我们可以一起再去各种地方，好好经营感情。我喜欢上你了。"

整个冰透了的脸颊和指头再次恢复热度，汗水从围巾和脖子之间泉涌而出。太好了，不是坏答案。幸好不是瞬间掠过脑际的分手宣言。身体一下子解脱、松懈下来，绫香朝宫尾走近一步。

"嗯，我也是同样的心情。"

应该有更适合的回答，绫香此刻却想不到半句。宫尾眼角带着紧张注视着她，几乎像要把她看出洞来，但绫香再也说不出话来了。相反，无法克制的笑容从嘴唇漾了开来。

"我好开心。真的、真的好开心。"

总算说出口后，她羞怯地望向河面。宫尾小声喃喃"太好了"，绫香即使没有直接看着他，也感觉得到他整个人同样逐渐放松下来。明明心意相通，好半晌之间，两人却都看着不同的方向，兀自沉浸在安心里。绫香一直看着河面，这时宫尾从后方笨拙地抱了上来。突然缩短的距离几乎令她头晕目眩。她正不知所措，身子自然地被翻转过去，变成彼此相拥。接下来的发展，不是理智决定的，而是身体自然的反应。两人贴在一起的嘴唇都是干燥的。宫尾的怀里十分温暖，四下冷得令人发抖，就仿佛全世界只剩下他们两个生物。

"咦，我流鼻涕了吗？"

"真的，嗯，流鼻涕了。"

绫香瞥见宫尾的鼻子底下被透明的液体沾湿了。宫尾急忙从口袋掏出面纸擦干人中处。

"冷到感觉麻痹了，完全没发现。刚才一笑，觉得上唇冰冰的，以为是雪，可是雪早就停了。"

"冬天太冷的时候，是会流鼻涕呢。"

"开始上班以后，我已经在京都住了很久，但还是第一次这样。看来这一带真的很冷。"

"岚山这一带特别冷，是北边，离山又近。和宫尾先生家附近的中心地区温差应该很大。"

口中说着冷，感觉更冷了，湿了的脚尖几乎要冻僵。虽然没有下雪，但冻雨似乎融入空气里，凛冽的寒气刺肤侵骨。

"对啊，我也是第一次看到雪积得这么深。我家也许是因为在市中心，不管雪再怎么下，隔天也都融化了。真对不起，都冷到流鼻涕了，却还一直待在外面。万一感冒就糟了，我们回车里吧。"

绫香仰望，宫尾回以微笑。擦掉鼻涕的宫尾一笑，眼角便往旁边伸展，加上粗壮的鼻梁，看起来有点儿像帅气的外国人——会这么觉得，是因为喜欢对方，情人眼里出潘安吧，绫香内心苦笑。再亲最后一次——宫尾说着，矜持地凑上来的时候，绫香怀着将自己全部交付出去的心情，安心地闭上眼睛。

***

不论从何处抬头仰望，全世界的天空应该都是连在一起的，然而周围的景色不同，天空看起来还是不一样。东京的街道由于灯火通明，入夜之后仍幽幽亮着，无论夜再怎么深，仍等不到真正的黑暗降临，这让凛刚搬来时十分惊讶。白天的东京天空素净高远，是无云的淡水蓝色。

进公司之后的研习当中，有次凛在闲聊中说起东京总是万里无云，上司稀松平常地应道：

"嗯，这里是关东平原嘛，没有云。"

仔细想想，这答案的正确性相当可疑，但上司说得天经地义，凛当下不禁恍然大悟道："啊，原来如此。"从此以后，每当仰望无云清透的水蓝色天空，真假姑且不论，凛总是会喃喃道："毕竟这里是关东平原嘛。"

五月的某个周日，凛从一个人住的出租屋来到东京车站。以前在京都，凛很喜欢在京都御所散步，来到东京以后，她想去的第一个地方就是皇居外苑。因为京都御所和皇居外苑同样都是天皇的居所，虽然京都御所是古代天皇的住处，但她觉得两者应该有共同的氛围。实际前往一看，才发现是风格迥异。京都御所只有特别的日子才会开放，所以只能在御所周围的御苑绵延的宽阔石子路上散步。那不只是一条长长的石子路，钻进小路，便可以看到小河流淌及高大的老树茂密生长的美丽景致，也能够欣赏四季不同的花卉，春天有许多人来这里赏樱。这条石子路最大的特征就是呈"口"字形，将御所围在正中央，人走着走着，就会回到原点。

距离东京车站徒步约十五分钟的皇居外苑，是一大片一字形的土地。细心修整过的草坪广场上有一片浓密的黑松林，面向东京车站，丸之内的高楼大厦群就俯瞰着这里；转向皇居的方向，则是没有半栋高楼、毫无遮蔽的开阔天空，一点儿都不像身在东京。凛踩着草坪进入绿意深处，在阳光照耀生长的黑松底下，铺上带来的野餐垫，面向皇居而坐。

公园的景色幽静，加上没有高楼大厦的遮挡，充满了开放感。凛看惯了碍于市容法规，所有建筑物都十分低矮的京都景色，每当在都心大公园的树木间看见高楼拔地而起，她都会为之一惊，觉得好像哥吉拉突然现身。

园里有许多长椅，但没什么人坐，大部分人都是直接躺在草地上，或是和凛一样自己带野餐垫来。来访的游客形形色色，有一家老小，有情侣，还有个老爷爷在偷偷喂麻雀，应该也不是没看见"请不要喂食鸟类"的告示牌。老人注意到凛的目光，立刻板起脸来扭开头去。不时有慢跑的人穿过草坪前面的路。

凛在膝上打开在家做的便当吃起来。有香松和鲑鱼饭团，还有蒸蔬菜和香肠。挪挪身子，便可以在大楼间看见小小的东京塔。实际看到的东京塔，比想象中的更要精巧，纤细锐利的外形予人一种超越时代的洗练印象。入夜之后照亮铁塔的灯光，是宛如浓缩了整片夕阳的橘色，无论从东京任何一个位置看去都很美。原本以为东京塔会更沉稳、更绚丽闪亮，实物却完全不同，很像第一次看到金阁寺的印象。

不能太优哉。今天是休假，但得早点儿回家。每天都忙碌不堪，因此星期日想好好养精蓄锐，但必须完成这星期的团体工作报告。凛到现在都还没有决定隶属单位，在都内的总公司接受培训。内容是学习商场礼节、参加团体工作、参观工厂和研究所等相关事业所，虽然还没有正式投入工作，但准备研习内容非常辛苦。

光是参观了来东京后一直向往的皇居外苑，这个假日就算充实了。最近的休假不是写报告，就是在家睡上一整天，甚至经常忘了自己住在东京。

把吃完的便当收进皮包，拍掉沾在衣服上的草屑，凛离开外苑。踏出外苑后，与之迥异的丸之内高楼大厦林立的街景又呈现出不同的美。比起高度，更具宽度的各个大楼，每一栋都十分洗练，威严独具。笔直的大马路贯通一丝不苟地精心规划的商业街，一派大都市风范。凛不经意地看到马路前的标识，上面写着"行幸通"，她想起以前做的噩梦，一阵毛骨悚然。冲击散去之后，她转念心想不该穿凿附会，便继续跨步前进。

丸之内的高楼大厦群十分巨大，一直仰望，会让脖子发酸，但奇妙的是，这些建筑不太有压迫感。是因为很多建筑物都配合东京车站丸之内车站大楼的氛围，是砖造建筑，而非全面玻璃帷幕的近未来造型吗？也有些建筑的低矮楼层是兴建时的大正风格，高层却是以现代技术增建的，这让凛在回东京车站的一路上，感觉赏心悦目。

走着走着，东京车站的砖造建筑现身，那复古的美丽外观自不必说，也让人感觉到它全心全意肩负起遏止时光洪流的某种责任。身为东京的玄关，它每天接收日新月异、持续进化的城市能量，并发挥守门人的职责，敏锐地审度什么是可以迎入的、什么是必须排除的。历经长年的改建后脱胎换骨的这栋车站大楼，往后将会继续守护丸之内与皇居清澈的空气。

凛将预先录取通知书放到桌上，奥泽家的客厅霎时鸦雀无声。她顶着一张苍白的脸，面无表情地垂着头，等待判决。父亲虽然苦着脸，意外的是，母亲拿起录取通知，欢天喜地说道：

"凛，你真的考上了啊！这是家大企业，而且就算有教授推荐，妈觉得应该还是很难考进去，你真是太厉害了，恭喜！妈从小就喜欢吃这家公司的零食呢！"

"谢谢。"

母亲出乎意料的反应让凛反而有种落寞感，但总算听到她希望父母对她说的话，不由得笑逐颜开。

"那，进这家公司的话，就非得去东京工作不可吗？"

父亲用比平常更低沉的声音问。

"嗯。在东京培训之后，如果担任研究职，应该会在东京附近的研究所工作。可能没机会调到关西吧，因为公司的组织几乎都集中在关东。"

"你考上全国知名的食品公司，真的很了不起。爸跟妈其实真想打心底里祝福你，可是你从出生到现在一直住在京都的这个家，突然要去东京生活，爸妈还是担心得不得了。或许也是因为爸妈从来没有搬过家，一直住在这里的关系，才会觉得离乡背井太可怜……"

"不过妈现在觉得，如果可以，还是该放手试试。既然都像这样拿到预先录取通知了。"

看到母亲打断自己的话低喃，父亲愣愣地看向她。

"妈呢，在凛说要继续念研究所的时候，也觉得'明明是女孩，读这么多书做什么？花钱又花时间，读到大学毕业就够了'。可是等到凛真的上了研究所，做起深奥的研究，看到你成天上研究室，而不是出去玩，总觉得替你骄傲。同时妈也有种预感，觉得这孩子以后会踏上我们无法想象的道路。你要去东京的事也是，刚听到的时候妈吓坏了，而且你这孩子有些傻傻的，不谙世事，还有点儿爱幻想的特质，所以妈一直很担心，你会不会是因为过度憧憬大都市而去东京，结果发现和想象中的不一样，遭遇困难，搞得遍体鳞伤。不过既然你像这样靠着自己的实力拿到前往新天地的门票，妈开始觉得，我们也该下定决心，为你加油了。"

母亲因为自己的话兴奋起来，气喘吁吁。

"说是东京，也一样是在日本，所以就算稍微吃点儿苦，还是有办法过下去吧。当然，这个家少了你，我们会寂寞，不过妈偶尔也会去东京找你的，没问题。"

"等一下，你怎么突然变卦了？跟你之前说的完全不一样。你不是说不管凛的考试结果如何，我们做父母的都要坚决反对吗？"

尽管是敌人，但父亲慌乱的模样实在让人有些同情，因此凛没有反驳，静静地看着两人争执。同时她也依稀察觉，两人之所以反对，纯粹只是出于父母的立场，为她的未来担心而已。

"不过凛的实力好不容易得到肯定，试都没试就反悔，岂不是太可惜了吗？要是难受到再也撑不下去，再辞职回家就好了嘛。"

虽然争论了很久，但最后父亲等于是被凛和母亲的热忱说服，同意让凛去东京了。父亲尽管依然操心不已，但最后还是愿意笑着送她启程，这让凛开心极了。

"凛，过年的时候一定要回家。这也是为了你好。"父亲说。

"什么话，凛会更常回家。盂兰盆节、黄金周、平常的周末都会回家。"

"这样啊。爸觉得开始工作以后，要回家就很难了，不过只要凛愿意，或许总是可以回来的。要小心身体啊。以后就算感冒，也没人照顾你了。"

"对啊，凛，就像你爸说的，要保重身体。进了新公司，本来就容易累积疲劳和压力，就算去了朝思暮想的东京，也不可以成天到处玩耍啊！"

进京以后，凛忙得不可开交，根本无暇出游，甚至没必要刻意去想起父母的叮咛。搬家、入社典礼、研习，连喘息的空闲都没有，而且之前除了煮饭，家务都是母亲在处理，因此她连洗衣机怎么操作都不知道。现在她总算明白好友未来独自到京都生活的辛苦了。煮饭当然也没空，每天都吃便利店的便当。被褥也铺在地上从来没收过，即使想要买床铺，可连挑选的时间都没有。但是不管在公司还是在家，充实都更胜于疲惫。与团体工作中认识的新员工交流，也让凛激动不已，告诉自己绝不能输给别人！

虽然忙得没时间打电话聊天，但自己明明没提出来，两个姐姐却都发信息逐一报告她们的恋爱进展。

羽依被梅川甩了，两人的交往只持续了半年。羽依询问梅川理由，对方仅低喃："我累了。""我想我确实是把他搞得很累。虽然我们的关系在平安夜那天决定性地走了调，不过能撑那么久，也全都多亏了梅川。"羽依的信息内容难得谦虚，完全没有说梅川的坏话。分手之后，她也异于从前，失去活力，即使回家也无精打采，过着默默上下班的日子。

凛担心地打电话过去，羽依声调明朗地说"我跟平常一样啊"，但也严肃地说明："坦白说，我好好地反省了一下。我觉得这样下去不行。"

现在羽依几乎不再提梅川了，却经常说前原的坏话。前原调到大阪的分公司，担任重要职位，因此算是荣升，不过好像在大阪最可怕、几乎公认是流氓的上司底下工作。

"他有事回总公司的时候，看他整个人很憔悴！调职刚决定的时候，他还耍帅地说什么'不管碰上什么样的上司，我都会尽好自己的本分'。听说前原现在的上司以前的部下几乎每一个都被逼到辞职。他一定被整得很惨，爽呆了！"从羽依的口气，当然可以听出她真的很讨厌前原，却也能隐约看出对他的执着，无法忽略他的动向。对羽依来说，前原这个男人似乎给她留下了无法磨灭的强烈影响。

绫香和宫尾的感情继续发展，好像已经到了论及婚嫁的地步。两人定期约会，一旦有了进展，便突飞猛进，做起共度一生的准备，速度快得令旁人惊讶。虽然觉得进展飞快，但可以看出两人确实是手牵着手，步调一致地往前进，因此家人也并不担心。

"宫尾先生好像从第一次跟我见面的时候，就打算以结婚为前提和我交往"——绫香以难以克制喜悦的声音向凛报告。

"我高兴的是能与宫尾先生结为夫妻，婚礼倒是还好。我只想要一场和身份匹配的小婚礼。"虽然姐姐这么说，却在挑选婚礼会场、婚纱和日式新娘服的过程中愈来愈起劲，索取了堆积如山的介绍手册钻研，还拍照传给凛，问她"你觉得这件婚纱怎么样"。令人不禁莞尔。

凛用公司补贴租下的都内公寓，是带厨房的小开间。凛正吃着回程在便利店买的熟食沙拉和炸鸡意大利面，这时手机响了。是父亲打来的。

"哦，凛啊。东京怎么样？过得还好吗？"

"嗯，工作跟住的地方大概渐渐习惯了。工作还是一样忙。"

"这样啊，你很努力呢。之前的地震没事吗？"

"只是晃一下而已，没什么好担心的。我醒了一下，马上又睡着了。怎么了？这种时间打电话来，真难得。"

"我有事跟你说。爸之前去做体检，验血时有些项目要复检，你妈跟你说了吧？"

"嗯，说了，两个月前的事吧？"

记得母亲在近况报告中提到了，父亲的体检报告难得出现红字。当时凛才刚展开新生活，一片忙乱，一直没有想起这件事。

"后来爸去别的医院重新做了精密检查，结果出来了。是癌症。"

"啊？"

脚下开了个大洞，整个人坠落下去。这话太令人吃惊，凛的脑袋一时无法处理。

"大概一个月后要动手术吧。说真的，爸没想到会在这个年纪就被宣判癌症。"即使隔着电话，也听得出父亲的声音虚弱无力，尽管震惊茫然，但仍努力对抗着模糊的恐惧。

"爸，你身体没事吧？"

"身体好得很，完全没有自觉到症状。不过老实说，爸很怕动手术啊。之前人都健健康康的，从来没有住过院嘛。医生说要全身麻醉，换成人工呼吸，手术时间也很长的样子。毕竟可能有什么万一，爸想在动手术前先写好遗嘱。"

爸又在讲这种话！胡说什么！电话另一头接连传来三个女人的抗议声。

"是妈跟姐吗？"

"嗯。大概两小时前开始的，我们大伙儿一起喝酒，三个女人都在鼓励我。昨天看医生的时候，是你妈陪我去的，你妈跟我昨天都很沮丧，不过现在已经换了种心情，要全家团结，一起积极面对。大伙儿一杯接着一杯，整个喝开来了。"

确实，电话另一头不只是父亲的声音，还听得到其他家人吵闹的欢乐声音。"就算真的不行了，说真的，爸的人生也没什么好遗憾的。生了三个女儿，长女快要结婚了，羽依跟你也在社会上有所贡献。你爸的名字就叫'萤'，既然要死，我会干脆地发亮、干脆地走。"

"干吗说这种话啦！"

凛拼命克制就快变成哭声的嗓音。

"对不起啦。那换你妈接听。"

父亲交出电话，母亲接了起来。

"凛，好久没联络了。你过得好吗？"

"我很好，我很担心爸。是哪个部位？"

明明内心波澜起伏，发出来的声音却很冷漠，连自己都被这落差给吓到了。

"前列腺。"

"前列腺。"

凛从来没有思考过父亲的前列腺问题。

"说了是什么原因吗？"

"医生说没有原因，说任何人都有可能得病，好像也没有可以断定是病因的不良习惯。你爸是因为体检的时候，某个特定的数值比平均值高，所以才能发现，但好像完全不会痛。"

"有多严重？"

一小段沉默之后，母亲说：

"好像不太好。"

"什么意思？"

"检查的数值不是那么高，不过癌细胞好像长得不太好。"

"长得不好？"

癌细胞也有长得好或不好的吗？她只能想象出生气的卡通细菌人那种幼稚的形象。

"我也不太清楚，不过癌症不是分几期吗？爸大概是第几期？"

问出口之后，凛才发现自己并不想知道。她想到"晚期"两个字，绝望直接笼罩整颗脑袋，天旋地转。

"正式检查的结果好像还没有全部出来，所以不知道是第几期。不过今天先不管那些了。才刚知道病名而已，就先接受这个事实吧。凛，你也别想太多了。"

母亲身后传来酒醉的家人的笑声。

相较于事态的严重性，家中酒宴却是异样欢乐，令人有些头皮发麻。以前全家出游，开车行经夜晚的山区时，穿过深山的隧道后，经过一处正在举办祭典的小村子。若是普通的祭典，还可以为了巧遇祭典而开心，然而村子的道路灯笼夹道，每一盏都大放光明，外头却不见半个人影，整个村子一片死寂，就好像没有半个活人。也许只是祭典已经结束而已，但只有灯笼明晃晃地亮着的景色令凛害怕起来，强烈地祈祷快快通过这个村子。电话另一头家人的欢闹声，也有着当时祭典的诡谲气氛。空洞的祭典。没有半个人，却只有灯笼辉煌地亮着，照亮村间小道。

"妈，你没事吧？"

"其实我很担心，这也是当然啦。不过我觉得在你爸身边的我们不能沮丧，一开始虽然是强颜欢笑，不过喝着喝着，就真的开心起来了。刚才你爸甚至还说：'今天是得知罹癌纪念日，所以要大喝特喝！'拿这个当借口喝酒。"

听筒中传来家人们的欢笑声。听着那一如往常——不，比平常更开朗的异常笑声，凛也跟着笑了，低笑声却带着超乎想象的深浓阴影，在独居的房间里回响着。从声调来看，父亲应该没有母亲说的那么有精神。虽然拼命挤出活力，但感受得到他的恐惧。不过母亲和姐姐们也非常害怕吧。所以假装没有发现父亲的恐惧，故作开朗，好为父亲打气。然后看到勉强打起精神的家人，父亲也多少受到了鼓舞。

那么，我也不能表现出阴沉的样子。

"什么嘛，爸虽然瘦得像豆芽菜，可是身体很敏捷，我还以为他会是全家最健康长寿的一个呢。"

"你爸是很健康啊。可是……是啊，癌症来的时候谁也挡不住，不是吗？对了，你爸大概下个月会开刀，你能回来吗？"

"我很想回去，不过那时候应该才刚分配单位，或许很难回家。"

"你不用勉强。爸也很清楚你的状况。才刚进公司，忙碌是必然的。不用担心，能回来的时候再回来吧。"

"嗯……对不起，家里遇上这么大的事，我却不在。"

凛参加公司考试之前，父母那样大力反对，然而真的送她去东京以后，他们却展现出包容与理解，凛对这样的父母除了感谢，更是满心歉疚。

"放心吧，我们家本来女人就多，少一个也没什么。你一个人在新天地生活工作，那才辛苦，不用为家里操心了。那就先说到这里吧。"

"嗯，谢谢妈。"

她还以为父母生病，是还要很久以后才会遇到的事。

挂断电话后，凛仍失魂落魄了好半晌，病名带来的单纯但巨大的恐怖席卷而来，在恢复寂静的房间里，从身体里满溢而出，并且扩大。进京的时候哭得那么惨，这时却连一滴眼泪都流不出来。她还无法完全接受，而且似乎也不是哭的时候。

她忽然强烈地怀念起现在应该仍有人在喝酒嬉闹的自家客厅。大家应该都一样不安，但只要在家人的围绕下、挨着父亲和母亲说说话，总比在这里一个人胡思乱想要来得心安。爸、妈、姐、羽依，虽然偶尔也会吵吵架，但这种时候只要彼此鼓励，就能激发出力量。

我想念我的家人。

想东想西也没用，今天就先睡吧——凛照着母亲的吩咐，钻进被窝，努力不去想父亲的病情。但不管再怎么逃避，负面的情绪还是会涌上来。旧式的澡堂有红色和蓝色的水龙头，分别流出热水和冷水，就像那水龙头一样，苦热的情绪和悲凉的情绪分成了两边，不断地倾注到伸至水龙头底下的手中。凛心乱如麻，让这两种情绪在双手上混合，等待它变成适温，然而泪水流不出来，也无法抛开一切入睡。

凛就这样意识清明地躺到白光微微亮起，打开窗帘一看，霞光射入干燥龟裂的心。幽光就像涂抹在伤口上的消炎药，微微刺痛心灵，令泪水渗了出来，早晨的到来，令人纯粹地快乐起来。

虽然住在东京，但这里是住宅区，因此周围并非都会风景，眼前是独栋及公寓林立的普通街景。陌生的城镇。早起的鸟儿啼叫声完全无法抚慰她的心，但来到东京这件事，奇妙地从不曾让她感到后悔。虽然怀念只要待在京都，任何一处都能看见围绕盆地的青翠山景，但完全无法和昨天挂断电话之后感受到的、思念家人齐聚的客厅那强烈的情绪相比。出生之后二十四年以来，持续积蓄在体内的京都的气息尚未完全散去。张开手掌，掌心仍有暗红色的红叶；闭上眼睛，头顶仍是那片只有低矮建筑物而宽阔无垠的悠闲淡蓝色天空。故乡在记忆中会日渐淡薄，但不会立刻消失，而是更落落大方地跨越时光，浮荡在我的周围。不过家人带来的安心与热闹，过去就像空气般理所当然地环绕着我，因此更令人难以承受……

一夜未曾合眼，就得出门上班，这虽然是莫大的压力，同时也是莫大的激励。

"这是我自己选择的路。"

实际喃喃说出声来，这句话并没有想象中来得严厉，反而比任何话语都更能鼓舞自己。没错，这是凛自己选择的路。只为了往前进，披荆斩棘，踏过未经铺设的野径。虽然也有辛酸难过，但对现在的凛来说非常奢侈。她没有说丧气话的资格。

话虽如此，如果可以，凛只想看着人生快乐、优雅的一面而活。正是因为困难，才更需要乐观。这并不是懦夫的想法。为了活下去，她要不断地翩翩飞舞下去。即便稍微回头，就会看见黑暗紧紧地跟随在身后。

凛掏出手机想打电话回家，但发现时间还太早，便打消了念头。她想到今天可以在车站前的咖啡厅吃早饭，于是拉上窗帘换衣服，房间再次恢复原本的幽暗。

图书在版编目（CIP）数据

掌心里的京都 /（日）绵矢莉莎著；王华懋译 . --
北京：九州出版社，2022.10
ISBN 978-7-5225-1107-8

Ⅰ.①掌… Ⅱ.①绵… ②王… Ⅲ.①长篇小说－日
本－现代 Ⅳ.① I313.45

中国版本图书馆 CIP 数据核字 (2022) 第 149116 号

TENOHIRA NO MIYAKO by WATAYA Risa
Copyright © Risa Wataya 2016
All rights reserved.
Original Japanese edition published in 2016 by SHINCHOSHA Publishing Co., Ltd.
Simplified Chinese translation rights arranged with SHINCHOSHA Publishing Co., Ltd.
through BARDON CHINESE CREATIVE AGENCY, Hongkong.

著作权合同登记号：01-2022-4473
本书中文译稿由城邦文化事业股份有限公司麦田出版事业部授权使用，非经书面
同意不得任意翻印、转载或以任何形式重制。

掌心里的京都

作　　者	[日]绵矢莉莎 著　王华懋 译	
责任编辑	周　春	
出版发行	九州出版社	
地　　址	北京市西城区阜外大街甲 35 号（100037）	
发行电话	（010）68992190/3/5/6	
网　　址	www.jiuzhoupress.com	
电子信箱	jiuzhou@jiuzhoupress.com	
印　　刷	天津中印联印务有限公司	
开　　本	880 毫米 × 1092 毫米　　32 开	
印　　张	7	
字　　数	106 千字	
版　　次	2022 年 11 月第 1 版	
印　　次	2022 年 11 月第 1 次印刷	
书　　号	ISBN 978-7-5225-1107-8	
定　　价	49.80 元	